All BDSM

Auktion

Erika Sanders

All BDSM
Auktion
Erika Sanders

All BDSM 1

Synopsis

Den består av följande romaner:
Kvinna slav
Den muslimska frun
Klubb BDSM

All BDSM är en roman med ett starkt BDSM erotiskt innehåll och i sin tur en ny roman som tillhör samlingen **Erotisk Dominans och Underkastelse**, en serie romaner med ett högt romantiskt och erotiskt BDSM-innehåll.

(Alla karaktärer är 18 år eller äldre)

Anmärkning om författare:

Erika Sanders är en internationellt känd författare, översatt till mer än tjugo språk, som signerar sina mest erotiska skrifter, bort från sin vanliga prosa, med sitt flicknamn.

Index:

ALL BDSM
AUKTION
ERIKA SANDERS

ERIKA SANDERS

KVINNA SLAV

Prolog:

Att vara en undergiven fru har sina upp- och nedgångar.

Det svåra var det extra ansvaret. Kelly var en stark affärsinriktad kvinna. Hon jobbade hårt hela dagen som kontorschef. På natten, eller på helgerna, var hon fortfarande tvungen att arbeta. En annan sorts arbete. Hon var en sexuell undergiven sin man och tillgodose alla hans behov. Det var en roll hon gärna omfamnade.

Det fina var känslan det gav henne. Hon älskade att behaga sin man. Det gav Kelly tröst att vara undergiven honom, eftersom han visste hur han skulle behandla henne ordentligt och med stor respekt. Det fick Kelly att känna sig trygg att vara i sin träldom. Bind i sina rep. Och så var det orgasmerna. De härliga orgasmerna. Det var det bästa med att vara en undergiven hustru. Alla orgasmer hon någonsin kan önska sig.

Det gav deras äktenskap ett välbehövligt ryck när det var möjligt. Efter flera års äktenskap var alla sätt att krydda deras kärleksliv alltid bra.

När hon klädde av sig från sina kontorskläder bar hon ett par mjuka sidenstrumpor, ett par vita bh och trosor och en genomskinlig negligé.

Det var inget hon bar ofta. Och hon var inte tvungen att klä sig så där hemma. Det var något hon valde att göra för just den kvällen , vilket var väldigt speciellt.

Richard kom hem vid 18-tiden. Han hade jobbat lite senare än vanligt tack vare en stor sammanslagning som hans företag hade arbetat med.

"Du ser fantastisk ut," sa han när han såg sin fru.

Kelly var i köket i sin sexiga lilla outfit och förberedde en hemlagad middag. Det fanns en rad med ljus som stod uppställda i matsalen, men som ännu inte hade tänts.

"Jag trodde att jag skulle göra något speciellt, eftersom, du vet, idag är en ganska speciell dag för oss", sa hon.

"Trodde du att jag glömde?"

Hennes ögonbryn höjdes. "Gjorde du?"

"Vårt 10-årsjubileum."

Hon log, "Du kom ihåg."

"Det gjorde jag. Och jag fick dig också något. En trevlig liten överraskning."

Han tog upp något ur fickan och höll det upprätt för att visa sin fru. På kort avstånd kunde Kelly inte säga vad det var, men det såg ut som ett nyckelkort eller något.

Kelly skärpte ögonen och lade händerna på höfterna. "Jaha, ska du berätta vad det är, eller måste jag gissa?"

Han stoppade tillbaka den i fickan. "Jag kan inte ge dig alla detaljer än. Men det är något jag vet att du kommer att bli nöjd med."

"Några tips?"

"Vad vill du?" frågade Richard. "Vad vill du att ska hända dig? Skulle du vara intresserad av en annan kvinna?"

Hon visade en skeptisk blick. "Är det här ytterligare ett av dina spel?"

"Jag menar absolut allvar. Skulle du vara med en annan kvinna om du hade möjlighet?"

Hon pausade. "Det är något jag har varit intresserad av ett tag. Det vet du redan."

"Då får vi det att hända ikväll", sa han. "Jag vill att vårt 10-årsjubileum ska bli oförglömligt. Jag menar det, ikväll kommer att bli speciell, och till skillnad från allt vi någonsin har gjort förut."

Hon kisade mot honom. "Du menar allvar, eller hur?"

"Jag skaffade oss biljetter till ett väldigt unikt evenemang. Vi har aldrig varit där förut, men jag har hört mycket bra saker om det från människor jag litar på."

"Låter spännande."

" Självklart är det spännande. Allt du vill ska hända, det kommer att bli verklighet, sexuellt sett. Tänk, vad vill du att ska hända? Hur vill du att din första lesbiska upplevelse ska se ut?"

Kelly använde sin livliga fantasi. "Jag skulle vilja att bondage skulle vara inblandad på något sätt. Jag kanske är bunden och hon kommer fram och slickar mig. Det är så jag skulle föreställa mig min första gång."

"Hur skulle du vilja att hon skulle se ut? Några preferenser? Du kan få vad du vill."

"Det spelar ingen roll. Bara så länge hon är söt. Helst inte lesbisk. Jag skulle vilja ha samma erfarenhetsnivå som hon så att vi typ kan utforska det tillsammans. Jag antar att det skulle vara mitt ideal scenario."

"Du kan välja den kvinna du vill ha."

"Jag kan?" hon frågade.

"Du väljer, och hon kommer att bli din. Vad som än passar dina behov."

Kellys båda ögonbryn höjdes. "Åh herregud."

"Hur skulle du känna om jag knullade henne?"

Hon gav en lekfullt skarp blick. "Letar du efter en ursäkt för att fuska?"

"Tekniskt sett skulle du också vara otrogen, eftersom hon skulle äta upp din fitta och få dig att sperma."

" Touche ", log hon.

"Så hur skulle det få dig att känna?"

Kelly och Richard gav varandra lekfulla uttryck. De var alltid helt ärliga mot varandra. Och de hade varit gifta tillräckligt länge för att känna varandras tankar.

"Nu när du nämner det låter det ganska hett. Att ha en trekant är inte något jag tänker på ofta. Men det har jag tänkt på vid vissa tillfällen, här och där."

"Tänk bara, du skulle vara bunden i sängen, den här andra kvinnan som äter din fitta, då skulle jag knulla henne. Snyggt och hårt. Du kanske kan rengöra henne efteråt med munnen. Lockande, eller hur?"

"Gud, allt det här låter så avvikande", sa hon med en lätt nervös ton i rösten.

"Men gör det dig blöt? Det är den stora frågan."

"Visst, antar jag. Min första lesbiska orgasm följt av en trekant. Det räcker för att göra vilken kvinna som helst fuktig."

"Då är det avgjort. Vi gör det."

Kelly höjde på ögonbrynet. "Om du fortsätter att prata så här kommer du att få mig att droppa över golvet och jag har en riktig röra att rensa."

"Det betyder att jag gör något rätt."

"Det gör du alltid."

Richard log, "Till vårt 10-årsjubileum kommer dina drömmar att gå i uppfyllelse. Det här kommer att bli en fantastisk natt. Kom igen, ha på dig en snygg klänning. Jag tar dig ut på en trevlig romantisk middag. Efteråt tar jag du någonstans speciellt. En plats vi aldrig har varit förut."

"Du har fortfarande inte berättat vart vi är på väg."

"Du får veta när vi kommer dit," svarade Richard. "Jag lovar att du kommer att bli nöjd. Klä dig nu."

"Jag har den perfekta svarta klänningen för ikväll," sa Kelly. "Den är ny. Jag har längtat efter att bära den."

"Efter middagen kommer du inte att ha den på dig särskilt länge."

"Jag älskar dig Richard. De senaste 10 åren av mitt liv har varit ett stort äventyr, du vet det, eller hur?"

"Jag älskar dig också", svarade han. "Och äventyret har bara börjat."

Det var ett lekfullt uttryck i Kellys ansikte. Hon visste att hon kunde lita på sin man. Han gjorde alltid de rätta valen för henne. Men hemlighetsmakeriet var det som fångade hennes uppmärksamhet. Richard var aldrig en hemlighetsfull person. Men ikväll var annorlunda.

Kelly lade undan kastrullerna och kastrullerna och satte tillbaka maten i kylen medan hon fortfarande var klädd i sin snåla outfit. Hon var nyfiken på sin mans överraskning inför deras 10-årsjubileum. Vad det än var så måste det ha varit bra.

Hon hade dock ingen aning om hur bra saker och ting skulle bli. Det var den perfekta jubileumspresenten som skulle ta deras sexliv till en helt ny nivå.

Kvinna slav

Erika väntade ensam i rummet.

Det var typ ett kontor. Ett slags bibliotek. Det fanns böcker runt väggarna. Och det fanns ett stort skrivbord i trä. Det stod en stol framför skrivbordet så att Erika kunde sitta senare. Det fanns också en videobandspelare som satt på ett stativ, vänd mot henne. Den var avstängd för tillfället.

Rummet var en plats för elegans och sofistikering.

Hon var där bara för att en nära vän hade rekommenderat just den organisationen. Hon fick veta att allt sköttes professionellt, och hittills verkade det vara fallet. Allt sköttes på ett företagsliknande sätt.

Dörren öppnades och Madamen gick in. Hon var lång, vällustig och hon bar en elegant klänning. Hon hade ett kraftfullt uppträdande över sig, vilket var att förvänta sig av en framstående Madame.

Erika stod upp.

"Tack för att du väntade," sa madamen.

De skakade hand.

"Inga bekymmer. Jag förstår att du är en upptagen kvinna."

"Jag är alltid upptagen, men jag älskar det jag gör."

"Jag kan se att."

"Har du hittat allt som du gillar?" frågade Madamen. "Jag hoppas att min personal har varit till hjälp med dig."

"Ja, så mycket, tack."

"Jättebra. Om du inte har något emot det, skulle jag vilja börja spela in den här intervjusessionen nu," sa madamen. "Jag har ett tight schema. Snälla, sätt dig."

Erika satte sig medan Madamen aktiverade videobandspelaren. Sedan satt Madamen bakom skrivbordet och blev bekväm, medan de två kvinnorna såg på varandra.

"Vi ska börja intervjun nu," sa madamen.

Erika nickade nervöst. "Okej."

"Jag har redan granskat ditt CV och din journal. Allt ser acceptabelt ut. Det här är den sista fasen av din audition. Vi gillar att spela in detta så att vår organisation kan göra saker mer lämpliga för dig."

"Jag förstår."

"Ange ditt namn för kameran," beordrade madamen.

"Erika Sanders."

"Ålder?"

" 28."

"Äktenskapligt status?"

"Gift."

"Ockupation?"

"Jag är jurist", svarade Erika. "Jag hjälper advokater att förbereda ärenden, intervjua klienter, göra research, sånt."

"Hur skulle du beskriva ditt utseende?"

Erika tänkte en stund. "Jag har axellångt hår. Något vågigt. Auburn färg, som är lite brunaktig. Genomsnittlig kroppsbyggnad. Jag har fått höra att jag är attraktiv."

"Håller du med?" frågade Madamen.

"Om det är vad folk tycker, så är det deras åsikt."

"Jag frågar din åsikt. Håller du med om att du är attraktiv?"

"Det tror jag att jag är. Jag är definitivt inte en supermodell attraktiv, men jag mår bra med mitt utseende."

"Vilket är ditt bästa ansiktsdrag?"

"Antagligen mina ögon. De är mörkblå. Jag gillar dem."

"Jag måste hålla med", konstaterade Madamen. "Percing blå ögon. En söt näsa. Och vackra läppar. Du har ett väldigt vackert ansikte."

"Tack."

"Och din kropp? Hur skulle du beskriva din kropp?"

"Mina proportioner är ganska genomsnittliga. Jag håller mig i form genom att springa på helgerna och yoga på vardagarna."

"Hur skulle du beskriva dina bröst?"

Erika tänkte en stund. "De är små nävar. Fasta. Lite uppåtvända. De är formade som päron. Mina vårtgårdar är ljusrosa. Jag har rosa bröstvårtor som sticker ut."

"Är dina bröstvårtor känsliga?"

"Mycket."

"Leker du med bröstvårtorna när du onanerar?"

"Ibland", erkände Erika.

"Och dina ben och rumpa? Hur skulle du beskriva dem?"

"Ganska tonad", svarade Erika med en antydan av stolthet i rösten. "Det är från all träning som jag gör på min fritid."

"Berätta nu om din sexuella upplevelse. Har du haft många partners?"

"Inte riktigt", svarade Erika. "Mindre än 7, i hela mitt liv. Jag är mer av en relationstyp än någon som går runt och letar efter one night stands."

Madamen log, "Och ändå är du här och är äventyrlig."

"Jag vet", rodnade Erika.

"Skulle du beskriva dig själv som sexuellt äventyrlig?"

"Inte exakt."

"Vad tar dig hit då?"

"Upplevelsen", svarade Erika. "Jag skulle vilja uppleva något nytt, bara för mig själv. Det är svårt att förklara, men jag skulle vilja utforska min sexualitet medan jag fortfarande är ung. Jag är säker på att du hör det mycket."

"Hela tiden", instämde Madamen. "Så, gillar du att experimentera med nya saker?"

"Visst, ibland. Vem gör inte det?"

"Gillar du att experimentera med anal?"

"Jag har gjort det med några av mina tidigare partners. Inte hela tiden, men det är roligt då och då."

"Trekanter?" frågade Madamen.

"Nej."

"Skulle du vara öppen för möjligheten?"

"Jag skulle vara öppen för det. Jag skulle inte ha något emot om det var med rätt personer. Speciellt om jag var, du vet, gruppens undergivna. Jag skulle inte veta vad jag skulle göra annars."

"Vad sägs om bondage?"

"Jag har erfarenhet av lätt bondage. Inget extremt eller hardcore. Bara hemgjorda grejer, med saker runt huset, sånt där. Inget smärtsamt heller."

"Var din bondageupplevelse tillfredsställande?"

"Det var okej", svarade Erika sanningsenligt. "Jag är inte särskilt erfaren med det. Det var inte mina tidigare partners heller. Det var liksom att leka med en rolig liten fantasi."

"Bondage är en konst. Det är inte många som är bra på det."

"Jag håller med."

"Hur är det med lesbiska möten", frågade Madamen. "Har du någonsin varit med en kvinna förut?"

"Jag har haft några lesbiska upplevelser på college med en rumskamrat. Ingenting sedan dess."

"Tyckte du om det? Tänker du fortfarande på det?"

Erika log, "Ja och ja."

"Tror du att du är bra på att äta fitta?"

"Det har jag fått höra att jag är."

"Allt sett tror jag att du skulle vara bra med par. Du har en så naturlig gnista om dig, du är nyfiken, öppensinnad och du svänger åt båda hållen när det behövs."

"Jag har aldrig tänkt på att vara med ett par tidigare", svarade Erika. "Men det låter genomförbart. Jag tror att jag är redo för det."

Madamen nickade. "Du är en väldigt attraktiv kvinna Erika, med en underbar personlighet. Vi är glada över att ha dig här."

"Tack."

"Nu leder det oss till de tre sista frågorna. De viktigaste frågorna. För det första, hur undergiven är du? Berätta om din undergivna sida."

Erika samlade sina tankar. "Ända sedan jag blev en sexuell person visste jag att jag var undergiven. Jag kanske inte förstod det direkt, men jag visste vad jag gillade. Jag tycker om att bli kontrollerad och 'tagen' i sovrummet."

"Varför?"

"Det finns en frihet i att släppa taget. När jag blir tillsagd vad jag ska göra, eller om jag är bunden, är all kontroll förlorad. För mig finns det en frihet i det. Allt är ur mina händer. Jag känner mig trygg och varm. Och jag älskar känslan av att vara centrum för sexuell uppmärksamhet. Min kropp dyrkas och används av min partner."

Det fanns en sexuell spänning i luften. Det var råa känslor. Erika släppte taget under den inspelade intervjun. Och Madamen njöt av varje sekund av att se Erikas utsatta sida.

"Nu den andra frågan," sa madamen. "Är du redo att bli slav?"

"Jag är."

"Varför?"

"Jag tar emot beställningar bra. Jag tycker om att bli tillsagd vad jag ska göra och hur jag ska göra det. Även med mitt jobb är jag väldigt punktlig med alla min chefs order. Jag kan hantera lätt smärta. Så länge det inte är för smärtsamt , Jag kommer att njuta av det. Allt är en del av att vara en bra undergiven, eller hur?"

"Du har rätt," instämde Madamen. "Nu till den tredje och sista frågan. Varför vill du bli auktionerad för en natt?"

"Det är den ultimata undergivna fantasin. Du vet, att se så bra ut som möjligt, bli beundrad och sedan köpas av en totalt främling. Jag älskar tanken på att bli sexuellt utnyttjad av någon jag aldrig träffat. Det är väldigt tabu."

"Tror du att du klarar pressen?"

"Det tror jag", svarade Erika.

"Hur vet du?"

"För att jag tror att jag kommer att kliva av på det. Det är svårt att förklara. Men jag vet att jag kommer att njuta av det. Jag kommer definitivt att vara nervös, men jag skulle klara det."

Madamen log och ställde sig nådigt. Hon lyfte upp videobandspelaren från stativet och höll den i handen. Sedan gick hon mot Erika och ställde sig framför henne.

"Vi är klara med frågorna", sa madamen och riktade kameran ner mot Erika. "Den sista delen av processen är att se om du faktiskt kan prestera under press."

"Okej."

Medan hon fortfarande pekade ner kameran, lyfte Madamen den nedre delen av sin klänning och blottade sin nakna vagina.

"Nu, uppträd för kameran," sa madamen. "Imponera på mig."

Utan att tveka lutade sig Erika framåt och tryckte sina läppar mot Madames bara hud.

***

Utbildningen var en mycket informell sak.

När Erika hade extra tid borta från jobbet besökte hon Madamen på samma ställe där hon gjorde intervjun.

Där skolades hon i konsten att vara en ordentlig lydig slav.

"Du har mycket att lära," sa madamen. "Lyckligtvis är du en naturligt begåvad undergiven. Att träna dig blir lätt."

Och Madamen hade rätt.

Erika var en naturlig. Hon var välvårdad i konsten att vara ett gott undergivent beteende och korrekt uppförande. Hon fick lära sig krångligheterna med att ge oralsex. Och hon fick lära sig det rätta sättet att koppla av när hon var bunden.

När Erika gick sitt vanliga liv låg auktionen alltid i hennes bakhuvud. När hon arbetade som advokat, tillbringade tid med sin man, mamma och systrar eller gick på kaféer med sina vänner, kunde hon inte låta bli att tänka på beslutet hon hade tagit.

En del av henne kände att hon var galen för att göra något sådant. En annan del av henne visste att det var precis vad hon ville. Madamen drev trots allt en mycket professionell operation och allt var säkert.

Men om hon inte gjorde det visste hon att hon alltid skulle ångra sig.

Erika var i sitt livs bästa. Hon var en vuxen kvinna. Och hon hade valt att fatta ett beslut som skulle påverka henne för alltid.

Auktionen

Det var kvällen för den stora auktionen.

Hon satt i ett litet privat rum medan en makeupartist fixade hennes utseende. Det var en kort process, och när den var klar fick Erika upp ögonen för att se att hon var förberedd som en Hollywood-skådespelerska redo för en stor premiär. Perfekt på alla sätt. Hennes hår var också snyggt gjort.

Makeupartisten lämnade rummet och Erika stod framför en liten garderob och bestämde vad hon skulle ha på sig.

Efter en kort fundering bestämde hon sig för ett par genomskinliga svarta bh och trosor. Hon bar den lilla outfiten och undersökte sig själv i spegeln. Därefter kom de höga klackarna på hennes fötter, och hon tog en ny titt på sig själv.

Erika kunde knappt känna igen sin spegelbild.

Borta var den utbildade juridiska assistenten. Borta var granntjejen. Borta var den riktiga unga kvinnan.

Där stod Erika, slaven, komplett med glamoröst smink, välgjort hår och en bh som var tillräckligt tunn för att avslöja färgen på hennes bröstvårtor.

När hon tittade på sin spegelbild undrade hon vem hennes köpare skulle vara. Skulle det vara en man? En kvinna kanske? Skulle personen vara mild eller grov?

Gud, hon hoppades att personen skulle vara mild. Erika var en kvinna som gillade att hennes underkastelse skulle behandlas med kärlek och omsorg. Hon var en tillgiven undergiven. Det var den sorten hon gillade. Hon ville ha en omtänksam dominant. Hur som helst var hon beredd att acceptera resultatet. Hon var en vuxen kvinna som valde att vara där.

Det var trots allt hennes stora fantasi.

Det knackade på dörren.

"Kom in", sa Erika.

Dörren öppnades och Madamen kom in, iklädd en vacker lång röd klänning. Hennes smink var också snyggt. Madamens ögon såg upp och ner den undergivna, nöjda med vad hon såg.

"Undersköna som alltid", komplimenterade madamen och stängde dörren.

"Tack."

Madamen höll i en svart krage och Erika visste omedelbart vad den var till för. Men Madamen pratade inte om kragen, inte åtminstone ännu.

"Hur mår du?" frågade Madamen. "Nervös överhuvudtaget?"

"En liten bit. Delvis upprymd."

"Jag kan försäkra dig, det är en mycket normal känsla för en kvinna i din position. Den är helt frisk."

"Ja , jag är glad att höra det."

"Du kommer att klara dig bra", lugnade Madamen. "Mentalt är du på rätt plats. Och vi har så många fantastiska människor som vill köpa en slav ikväll. Du kommer att vara i goda händer."

Erika log, "Jag är väldigt glad att höra det."

"Vad är ditt största hopp för natten?"

"Att få den anonyma främlingen att pressa mig till gränserna. Jag skulle vilja utforska. Jag menar, det är syftet med allt det här, eller hur?"

Madamen nickade och gav ett lätt leende. " Ja det är det . Och jag kan lova dig att din önskan att bli knuffad kommer att uppfyllas. Du förstår, kunderna som kommer hit för att köpa slavar är mycket erfarna. De vet exakt vad de gör. Så din undergivna sida kommer att vara nöjd när natten är över."

"Du gör mig ännu mer nervös, men på ett bra sätt."

"Var inte nervös", svarade Madamen nådigt. "Säg mig nu, vad är din största rädsla?"

"Att den som köper mig kommer att vara ovänlig. Du vet, sånt. Jag gillar inte smärta, inte den dåliga sorten i alla fall."

Madamen log, "Jag kan försäkra dig, det kommer inte att hända. Alla våra medlemmar och kunder kommer att hantera dig med största försiktighet."

"Det är vad jag har hört. Och det är en del av anledningen till att jag har bestämt mig för att bli slav här."

"Apropå det, det är snart dags. Du kan vänta här om du vill, eller bakom scenen. Mina assistenter guidar dig till scenen när det är din tur."

Erika tog ett djupt andetag. "Fjärilarna i magen. Herregud. Jag är nervös. Men jag är redo."

Madamen gnuggade den tränade slavens axlar. Det gjordes på ett moderligt och smekande sätt.

"Du är en stark kvinna. Du kan göra det här."

"Jag vet att jag kan. Jag är faktiskt väldigt exalterad."

"Utmärkt", log madamen. "Nu, en sista sak."

Madamen höll upp en svart krage med fingret och snurrade runt den lekfullt. Erika visste precis vad hon skulle göra och hon lyfte på håret så att hennes nacke blottades.

Madamen lindade kragen runt Erikas hals, medan de var vända mot spegeln. Det var en krage med de silverfärgade bokstäverna SLAVE på den främre delen av halsen.

Erika fortsatte att hålla upp håret medan hon stirrade på sin reflektion i spegeln, medan Madamen fäste ett koppel på baksidan av kragen.

Och allt var komplett. Erika var i full slavdräkt, redo att auktioneras ut till högstbjudande.

"Du ser fantastisk ut," viskade Madamen i hennes öra. "Jag är lite ledsen att jag inte kommer att kunna se dig bli knullad ikväll. Men jag vet att det kommer att bli en fantastisk upplevelse för dig. Auktionen börjar snart."

Madamen gav slaven en puss på kinden och lämnade sedan rummet.

***

De flesta har en uppfattning om hur en auktion ser ut. När folk tänker på auktioner tänker de på en kille som pratar snabbt på scenen och deltagare som räcker upp handen för att lägga bud på vad som helst som är till salu.

Detta var liknande. Men också väldigt olika.

Erika stod bakom scenen i sina små genomskinliga kläder och svarta krage och lyssnade när Madamen genomförde auktionen.

Varje slav såldes med omsorg och behandlades som om de vore värdefulla ägodelar, som om de vore de största skatterna i världen. Att lyssna på auktionen som genomfördes fick hennes hjärta att bulta och hennes fitta blev blöt.

Äntligen var det hennes tur.

"Mine damer och herrar", sa madamen till publiken. "Närnäst har vi en mycket speciell behandling. Hon är ny på slavupplevelsen. Men hon är också väldigt förberedd. Välkommen, den vackra Erika."

Den lilla publiken gav en lätt applåd då Erika fortfarande var bakom scenen. Två lättklädda kvinnor gick fram till Erika och tog henne i kopplet. Kvinnorna sa inte ett ord.

Erika leddes till mitten av scenen. När Erika stod i centrum under rampljuset stod kvinnorna bredvid henne, tillsammans med Madamen som talade i en mikrofon.

Även om hon försökte sitt bästa för att upprätthålla ett ordentligt damliknande lugn, bultade hennes hjärta rasande. Det var ett mörkt rum. Men hon såg folkmassan svagt. Det måste ha varit minst 50 personer där. Hon kunde säga att de alla var extravagant klädda.

Männen bar fina kostymer. De få kvinnorna i rummet bar snygga klänningar. Det var en stilig affär, och de var alla där för sex.

"Det här är den vackra Erika," sa madamen. "I dagarna är hon en professionell karriärkvinna som arbetar som juridisk assistent. Men hennes fantasi är att bli behandlad som den goda slav hon föddes till att vara. Hon är undergiven på alla sätt. Och tro mig, jag har hittade det själv."

Madamen knäppte med fingrarna och kvinnorna på scenen tog bort Erikas behå och lämnade hennes bröst blottade. Sedan drog kvinnorna ner Erikas trosor.

Åh gud, Erika kände hur hennes fitta ryckte. Hon var den enda nakna personen i rummet fullt av välklädda människor. Alla ögon var på henne. Det starka strålkastarljuset var fokuserat på hennes bara kropp.

Madamen fortsatte. "Som du kan se är hon fysiskt perfekt. Som 28-årig yogautövare är hon i toppen av sitt liv. Bröst formade som mogna päron. Utskjutande rosa bröstvårtor som är känsliga och gjorda för att sugas. Tonade armar som var gjord för att bli gripen medan hon blir tagen. En flexibel kropp, gjord för att böjas i vilken form som helst samtidigt som den är hänförd. En mun som var gjord för att suga. En rumpa gjord för analsex. Och en fitta som var gjord för att tåla."

Ögonen i rummet stirrade på Erikas nakna kropp.

Madamen fortsatte, "Slaven som du ser är mycket skicklig i konsten att oralsex. Speciellt i konsten att kvinnlig tillfredsställelse. Jag kan berätta detta från första hand. Hon är också bevandrad i manlig tillfredsställelse. Vilket gör henne perfekt för gifta par."

Erika stod stilla och hennes ögon tittade på rummet. Trots att rummet var mörkt kunde hon fortfarande se de svaga uttrycken av människor i rummet, se dem salivera vid tanken på att få tag på henne.

Madamen fortsatte, "Även om hon tycker om lätt bondage, är hon en känslig kattunge och måste behandlas med största vänlighet och respekt. Hon är trots allt en väldigt speciell tjej."

Innerst inne var det allt Erika hade hoppats på. Det var mycket mer skrämmande än väntat, men hon fick den märkliga exhibitionistiska spänning hon letade efter den kvällen.

"Startbudet är $5 000 för denna slav," sa madamen.

Plötsligt ljusnade ljuset i rummet lite, och det var inte så mörkt längre. Erika hade bättre koll på publiken och det gjorde henne bara mer nervös. Hon kunde se ansiktena på personerna i rummet. Det var mycket läskigare. Och det var mycket mer upphetsande också.

När buden kom in kunde Erika knappt höra någonting. Hennes sinne snurrade. Det var en enorm rusning. Hon kunde knappt höra, men hon kunde se händerna gå upp, i vad som verkade vara slow motion, när människorna i rummet lade sina bud på Erikas kropp och sexuella tjänster.

Erika bröts ur transen när hon hörde följande ord.

"Såld! Till gäst nummer 38, för $15 000."

Det var det ögonblick då Erika kom tillbaka till verkligheten.

***

När auktionen var över stod slavarna lydigt i en ordnad rad, klädda i sina små kläder, bakom scenen. De var alla med krage och redo att skickas till sina nya ägare.

Erika njöt av känslan av att vara såld. Hon ville träffa sin nya herre. Det var spännande. Hon hoppades att han skulle vara en trevlig kille. Hon önskade av hela sitt hjärta att det skulle bli en minnesvärd upplevelse. Hon undrade vilka slags fetischer hennes nya ägare hade. Han kanske bara ville knulla? Inget fel med det.

Det var en del av upplevelsen av att bli såld. Nyfikenheten fick hennes sinne att snurra och hennes fitta blev blöt.

Madamen kom och gratulerade personligen alla slavarna. Sedan försäkrade hon dem att natten bara började.

Hon räckte ett papper till varje slav, sedan eskorterades de bort av lättklädda kvinnor.

Därefter var det Erikas tur.

"Du är en mycket lycklig kattunge ikväll," sa madamen.

Hon räckte Erika ett litet papper som hade numret 930 på. Det var rumsnumret där hennes ägare skulle vara.

"Tack."

"Din nya ägare har något speciellt för dig," sa madamen. "Är du redo?"

"Jag är."

"Det är vad jag gillar att höra. Du kommer att klara dig bra. Lita på dina instinkter och njut av din första slavupplevelse. Den undergivna insidan av dig kommer att få det nöje som den med rätta förtjänar. Okej?"

Med det lutade sig Madamen fram och gav Erika en försiktig kyss på läpparna. När kyssen tog slut såg de varandra i ögonen och Erika eskorterades bort av kopplet som fästes vid hennes krage.

Natten

De två lättklädda kvinnorna ledde Erika till hissen, sedan upp till rummet. Ingen av dem sa ett ord. Kvinnorna talade inte. Och Erika var för nervös för att säga något.

Erika hade fortfarande bara sin genomskinliga topp och små trosor på sig. Och hon leddes av kopplet på kragen.

När de väl kom till rummet knackade kvinnan på dörren, sedan öppnade hon den.

Erika leddes in i rummet där hon stod vid ingången med perfekt damliknande hållning, så som en bra slav borde stå, och de två kvinnorna gick därifrån och stängde dörren.

Hon lämnades ensam med sin köpare.

Själva rummet såg ut som ett fint hotellrum. Det var snyggt, mycket rent och det fanns en stilfull känsla i det. Bara några av lamporna var tända. Rummet var en blandning av ljus och mörker.

På stolen satt en man där. Han var klädd i en vass kostym och hans ansikte var delvis täckt av mörker. Genom det svaga ljuset anade Erika att mannen måste ha varit i 30-årsåldern eller början av 40-årsåldern. Det verkade inte finnas några uttryck i hans ansikte.

Det fanns en vacker svart klänning placerad prydligt på ett bord.

På sängen låg en naken kvinna. Hennes handleder knutna till sängstolparna. Hennes vrister knöts isär till de nedre sängstolparna och hon var i en utspridd örnställning . Det var en ögonbindel som täckte hennes ögon. Och en röd boll i munnen.

Erika kände hur hennes adrenalinet kom tillbaka vid den surrealistiska synen. Hon visste vid åsynen av saker att hon var i händerna på en professionell dom. Inte någon amatör. Inte någon som experimenterar. Men ett riktigt proffs.

"Klä av dig", sa mannen nonchalant. "Dina klackar också. Men låt kragen sitta kvar. Jag njuter av kopplet."

"Ja, sir."

Erika lydde. Hon tog bort sin topp för att avslöja sina päronformade bröst. Hon tog bort sin rumpa, hennes tonade atletiska ben visades, tillsammans med hennes rent rakade gren. Och hon tog bort hälarna.

Inom dessa korta ögonblick stod Erika helt bar framför sin nya ägare. Hon var helt naken förutom SLAVE-kragen runt halsen, med kopplet fortfarande hängande.

Hon var inte nervös längre. Efter att ha stått naken på scenen i ett rum fullt av människor kunde hon klara vad som helst vid det här laget.

"Jag heter Richard", sa mannen. "Den nakna kvinna du ser på sängen är Kelly."

"Hej Richard", svarade hon och försökte låta hjärtlig. "Jag är Erika."

"Välkommen, Erika. Du måste bli förvånad."

"Varför?"

"Att jag köpte dig, medan min fru ligger bunden naken på sängen."

Så den bundna nakna kvinnan i sängen var Richards fru. Erika blev uppriktigt överraskad, men på ett bra sätt. Hon hade ett öppet sinne den kvällen och var redo för vad som helst.

"Det är verkligen oortodoxt", svarade Erika. "Men vi har alla våra fantasier i livet. Och jag är inte någon att döma."

"Inte när du har ett koppel runt halsen."

"Ja."

"Jag valde dig av några anledningar," sa Richard. "För det första är du väldigt vacker. För det andra är du ny på det här. För det tredje gillar min fru dig. För det fjärde är du tydligen väldigt bra på att tillfredsställa andra kvinnor."

Erika nickade. "Jag har fått höra att jag har den talangen."

"Bra, för min fru har aldrig haft nöjet av kvinnlig tillfredsställelse tidigare. Hon är dock intresserad."

Erika såg över till den nakna kvinnan som var bunden, förbunden med ögonbindel och munkavle.

"Jag är säker på att hon är en härlig person."

"Och väldigt undergiven också," tillade Richard. "Du förstår, som du har nämnt tidigare, min fru och jag har ett mycket oortodoxt äktenskap. Jag är hennes man. Och jag är också hennes dom. Hon är min fru. Och hon är också min undergivna. Vi älskar varandra innerligt. Och vi tar hand om varandras behov."

"Jag förstår, sir."

"Snälla, kalla mig Richard."

"Okej, Richard."

Han fortsatte: "Idag är en väldigt speciell dag. Det är vår 10-årsjubileum . Det räcker helt enkelt inte att binda henne hemma och få henne att sperma. Nej. En dag som idag måste vara speciell. Det är därför jag har tagit henne hit. Och det är därför jag har köpt dig som min slav för natten."

Fantasin hade kommit till liv. Erika kände hur nerverna försvann och hennes fitta blev blötare. Gud, hon var redo för det här.

"Jag vill gärna hjälpa till på alla sätt jag kan."

"Har du någonsin underhållit ett gift par?"

"Nej."

"En trekant?"

Erika skakade på huvudet. "Nej."

"Du är väl inte särskilt erfaren?"

"Nej, jag ber om ursäkt. Jag gjorde det klart för Madamen att jag är ny i den här världen. Så förlåt mig om jag inte håller måttet. Men jag lovar att göra mitt bästa."

"Be inte om ursäkt", svarade han. "Jag har aldrig haft en trekant förut heller. Och jag har aldrig introducerat en annan partner för Kelly tidigare. Det är därför du är perfekt för det här. Vi kan utforska det här tillsammans."

Erika nickade. "Jag skulle gilla det."

"Vill du? Skulle du vilja smaka på min frus fitta medan jag hänför dig bakifrån?"

"Ja."

"Vill du börja?"

Erika nickade. "Ja."

"Jaså, slav, min frus fitta är vidöppen. Jag är säker på att hon är dryg vid det här laget. Varför går du inte vidare och smakar?"

"Tack."

Erika närmade sig den bundna & hjälplösa kvinnan på sängen. Ju närmare hon kom, desto tydligare såg hon kvinnans nakna delar. I det delvis upplysta rummet såg Erika kvinnans bruna bröstvårtor och renrakade vaginalområde.

Det var ett surrealistiskt ögonblick, och Erika var på väg att utföra oralsex på en kvinna som hon aldrig hade träffat tidigare. En kvinna som var bunden & med ögonbindel. En kvinna som inte ens kunde tala eftersom en munkavle var i hennes mun.

Och det var inte vilken kvinna som helst. Det var Kelly, ägarens fru.

Erika placerade sig på sängen, mellan Kellys ben. Hon undrade vad Kelly måste ha tänkt, om hon njöt av detta eller inte. Hon undrade om detta verkligen var Kellys fantasi.

Frågan besvarades när Erika böjde sig ner och tittade närmare på den utbredda örnfittan. Inuti var fittan blöt. Vätskor glittrade. Det var inte raketvetenskap att fastställa att Kelly var mycket upphetsad. Det rådde ingen tvekan om det.

Erika gnuggade Kellys lår och närmade sig mitten. Sedan lutade hon sig fram och gav fittan en fin kyss. Det fick Kelly att rysa. Efter ytterligare en slickning verkade Kellys ben rycka. Erika slickade upp & ner som en god slav.

"Berätta för min fru hur hon smakar," sa Richard.

"Hon smakar fantastiskt."

"Säg det till min fru."

Erika tittade uppåt på den förbundna och munkavle kvinnan. "Du smakar fantastiskt Kelly, det gör du verkligen. Jag älskar absolut din smak. Jag älskar den. Jag älskar smaken av din fitta på min tunga."

Det kom ett gnällande ljud från Kelly, men det dämpades av bollen i munnen.

"Bra sagt," berömde Richard. "Fortsätt nu att slicka. Få henne att sperma."

Erika fortsatte sitt arbete och fokuserade sin muntliga uppmärksamhet på den blöta fittan. Hela tiden fortsatte den bundna hustrun att stöna med munnen i munnen och slingrande i sängen.

När Erikas tunga låg begravd djupt i fittan, skickligt slickande upp och ner, undrade hon över kvinnan hon behagade. Hon undrade hur Kelly var i sitt vanliga liv, vad hon gjorde för sitt uppehälle, vilka hobbies hon hade, vilken typ av mat hon gillade att äta, vilka tv-program hon tyckte om att titta på.

Nyfikenheten gjorde bara den sexuella disken så mycket hetare. Kanske skulle Erika få reda på alla svaren när de kunde prata och bli vänner någon gång. Eller så kanske de aldrig skulle prata med varandra. Vem vet?

Men det enda som betydde något vid den tidpunkten var att glädja Kellys fitta. Det var Erikas enda jobb - hittills.

På jobbet tog Erika alltid beställningar bra och hon följde alltid upp. Nu var hennes chef Richard, och hon hade blivit beordrad att låta hans fru sperma.

Hennes tunga fortsatte att stryka upp och ner. Hennes läppar förblev pressade mot fittan. Och då och då gav hon fittan ett skönt sug och slurpade på de naturliga juicerna.

Varje åtgärd gav Kelly en likadan reaktion när hon låg bunden på sängen. Hustrun drog i repen som band hennes handleder. Och hon drog i repen som band hennes anklar. Hennes stönande ljud dämpades av den röda bollen i munnen.

Erika arbetade hårdare när hon visste att hennes munteknik fungerade och uppnådde önskad effekt.

"Hennes tår vickar", sa Richard. "Det betyder att hon är nära att få orgasm."

Det var då Erika jobbade ännu hårdare. Hon slickade hårdare & snabbare. Hon pressade läpparna hårdare och sög med ökande intensitet.

Kelly vred sig hårt och ryckte i repen som höll henne bunden. Hon stönade hårt, men det undertrycktes av bollen gag.

"Svala", sa Richard till slaven. "Min fru är en sprutare. Jag måste varna dig. Och jag vill att du sväljer den om det är okej."

"Mmm hmm" erkänner slaven.

Visst kom orgasmen, och den kom på ett spektakulärt sätt. Erika fortsatte att suga och slicka och Kelly fick en kraftfull orgasm.

En ström av vätskor forsade från Kellys fitta och in i Erikas mun. Det kom i flera sprutor och Erikas mun var obeveklig i att svälja. Kellys kropp ryckte och slingrade sig medan Erika fortsatte att arbeta med sin orala magi med sin vältränade mun.

När det var gjort slutade vätskorna komma ut och Kellys kropp förblev stilla medan hon andades tungt genom näsan.

Erika satt upprätt med fittsafter över hela munnen, som ett nytt lager vått smink.

"Bravo," sa Richard nonchalant. "Du gjorde ett fantastiskt jobb."

"Tack sir ."

" Så säg mig, hur smakar min fru?"

"Läcker, sir."

"Erika, min slav, jag ska knulla dig nu. Och jag ska knulla dig i rumpan."

Hon svalde. "Ja mästare."

"Vi kommer inte att göra det i en normal position. Förstår du? Det här kommer att bli något annat. Något du aldrig har gjort förut."

"Mitt sinne och kropp är öppna för dig."

Richard nickade nöjd. "Stå på alla fyra. Placera dig ovanför min fru. Du kommer att se henne i ögonen."

Hon svalde igen. "Ja mästare."

Erika gick på alla fyra och placerade sig över den nakna kvinnan som hon just hade gett en intensiv lesbisk orgasm. Inte vilken kvinna som helst. Men frun till sin nya ägare för den natten.

När hon var i position var hon bara några centimeter från Kellys ansikte. Även med ögonbindeln och munkavlen kunde Erika säga att Kelly hade väldigt vackra ansiktsdrag , och hon undrade hur Kelly såg ut utan slaveriet.

När hon intog ställningen hörde hon hur Richard reste sig och tog av sig sina kläder. Hon tittade inte på honom. Hon förblev helt enkelt i position, på alla fyra, direkt ovanför den bundna hustrun.

"Min fru är en fantastisk kvinna," sa Richard till slaven.

Just då hörde Erika ljudet av en flaskkork som öppnades. Hon visste direkt att det var smörjning. Hennes misstanke bekräftades när hon kände hur Richards finger, täckt med glidmedel, tryckte mot hennes anus.

Det smorda fingret trycktes in i Erikas rumpa.

Han fortsatte, "Kelly har varit min undergivna fru i 10 år. Lojal och värdefull på alla sätt. Ikväll är något nytt för oss."

Fingret rörde sig in och ut och täckte Erikas rektalväggar.

Han fortsatte, "Det här är delvis hennes fantasi. Hon ville bli bunden i sängen, medan en kvinna åt upp hennes fitta. Även om hon inte kan prata eller se för tillfället kan jag säga att hon älskade det. Hennes kroppsreaktioner är lätt att läsa. Sättet hennes tår krökte och hennes ben darrade, det betyder att hon fick en intensiv orgasm. Vätskorna från hennes fitta bekräftade det bara."

Richards finger drog sig undan. Sedan tryckte han spetsen av sin erektion mot Erikas lilla anus.

Han lade till. "Vill du se henne? Vill du kyssa henne?"

"Ja herre", nickade Erika. "Jag skulle."

"Varför?"

"Vi har delat en speciell upplevelse tillsammans. Och jag tycker att hon är vacker."

"Hon är underbar," sa Richard. "Fortsätt, se själv. Ta bort ögonbindeln. Ta bort munnen från hennes mun."

Erika skyldig. Hon tog försiktigt bort ögonbindeln, sedan fick de två kvinnorna plötsligt ögonkontakt. Erika såg hustrun i ögonen. Och Kelly, såg kvinnan som precis hade ätit upp sin fitta och gett henne en lesbisk orgasm.

Sedan tog Erika bort den röda bollen, och plötsligt släpptes Kellys mun och flämtade efter djupa andetag.

Erika var glad över att äntligen se ansiktet på den vackra hustrun. Och hon undrade hur Kellys röst lät, eller om de faktiskt skulle säga något till varandra.

Men det hände inte, inte än.

Richard tryckte in sin kuk i Erikas rumpa, och slaven släppte ut ett litet skrikande ljud. Hanen gick djupare, och Erikas ögon vidgades och hennes mun öppnades, medan hon fortfarande såg Kelly i ögonen.

"Tycker du om min fru?" frågade Richard, med sin kuk begravd djupt inne i slavens rumpa.

"Ja... sir. Mycket så."

Han drog sig tillbaka, tryckte sedan till och fick Erika att flämta.

"Vill du kyssa henne?" han frågade.

"...åh...ja herre."

"Sen gör det. Hon har aldrig ens kysst en tjej förut. Du kommer att bli hennes första."

Erika böjde sig ner och kysste den återhållna frun, medan en kuk började häpna hennes rövhål. Det var officiellt Erikas första trekant. Vid det tillfället kände hon hur hennes rumpa stimulerades av Richards hårda kuk och hennes läppar stimulerades av mjukheten i Kellys mun.

Det jävla fortsatte och Erika kände hur hennes rövhål vände sig vid att ha kuken dunkade henne. Under alla hennes år av analerfarenhet hade det aldrig gjorts så grovt förut. Hon var van vid skonsam analsex. Men ikväll var inte kvällen för mild sex. I kväll var hon en slav. Och hon var en slav vars ägare ville knulla hennes rumpa hårt.

Medan jävlingen fortsatte fortsatte Erika att kyssa Kelly på munnen. Det blev en slarvig blöt tungkyss. Erika älskade känslan. Och hon älskade särskilt det faktum att Kelly aldrig hade kysst en kvinna tidigare. Det fanns en erotisk spänning i att ta Kellys lesbiska oskuld.

"Tycker du om grov sex?" frågade ägaren.

Hon kämpade för att tala. "Ja, sir."

"Säg till om det blir för mycket. Jag vill aldrig såra dig, min kära. Men jag vill verkligen få dig att sperma. Jag vill att du ska sperma som min fru gjorde."

Det anala knullet blev hårdare och mer intensivt när Richard tog tag i kopplet och drog försiktigt, vilket lätt kvävde Erikas krage. Som ett resultat blev hennes andning mer begränsad och hon kände en tryckande täthet runt halsen.

Erika slutade kyssa den bundna hustrun när det anala knullet blev hårdare. Det blev svårare och svårare, och sängen började skaka. Erika kände hur trycket byggdes inuti henne när hennes rumpa slogs.

"Åh gud", gnällde Erika medan hennes nacke höll på att klämmas. "Min rumpa...min rumpa..."

Vid det laget bultade Erikas rumpa så hårt att hennes små päronformade bröst började bölja fram och tillbaka. Tårar bildades i hennes ögon och hon fortsatte att göra små gnällande ljud.

Kopplet drogs hårdare och kragen stramades åt, vilket gav Erika mindre luft att andas.

Ännu värre, medan Richard fortsatte att dra i kopplet med ena handen, använde han sin andra hand för att nå nedanför och smeka Erikas känsliga bröstvårta. Han nypte och vred den. Bastarden. Han kände till hennes svaghet. Han kände till hennes känsliga punkt och han utnyttjade den under sex. Hennes rosa bröstvårta var i ångest. Men det var också en källa till stor glädje för henne.

Hennes mun gjorde korta grymtande ljud. Hennes ögon stängdes. Hennes kropp var stel när hon utstod rövbulten, andningsbegränsningar och bröstvårtor. Och hennes händer knöt hårt om lakanet. Känslan av intensiv analsex och sexuell stimulans byggde upp inuti slaven, och Richard kände det lätt.

"Cum, min slav," grymtade Richard. "Sspruta som min fru gjorde."

Han släppte hennes bröstvårta, och istället sträckte han sig ner och lekte sakkunnigt med Erikas värkande klitoris, medan han hänförde hennes rövhål med sin upprättstående kuk. Det var tydligt för Erika att hennes ägare var väl insatt i denna position, och han måste ha gjort det många gånger med sin fru Kelly. En sådan lycklig kvinna, tänkte Erika.

Kopplet drogs hårdare och kragen blev tätare runt Erikas hals, vilket hindrade henne från att skrika.

Istället för skrik kom korta andetag av luft ut ur Erikas mun när hon nådde sin orgasm. Hennes rygg böjde sig uppåt medan hennes rumpa slogs illvilligt och hennes klitoris gnuggades rasande.

"Min röv", gnällde hon mjukt, med hennes tajta lilla rövhål som fick en hård stretching. "Min rumpa."

Det var hennes tur att sperma. Och det var också hennes tur att spruta. Några strömmar av vätska sköt från Erikas fitta och på Kellys kropp. Hon cum inte så mycket som Kelly gjorde. Erika var egentligen ingen naturlig sprutare. Men hon sprutade tillräckligt för att göra ett uttalande.

Och det uttalandet var att sexet var fantastiskt och att hon älskade att vara slav för det gifta paret.

Greppet om kopplet släpptes sakta och kragen kändes mindre begränsande. Erika kände hur luften kom tillbaka till hennes lungor och hennes nacke och svalg var lugnt. Mellan den intensiva orgasmen hon kände och att kragen lossnade, märkte Erika knappt det faktum att Richard precis hade kommit inuti hennes rövhål.

"Jag är klar", sa Richard och släppte helt i kopplet. "Nu är det dags för dig att städa."

Erika kände igen insinuationen i hans röst. Hon förblev tyst ett ögonblick och andades tungt. Hon ville återhämta sig innan hon pratade med sin ägare igen.

Allt var en del av att vara en riktig slav.

"Hur vill du att jag ska göra det, sir?" frågade hon med välkomponerad rätt röst.

"Tryck din rumpa mot min frus ansikte. Hon städar dig."

Erika blev chockad. Men när hon tittade ner såg hon en villig blick i Kellys ansikte, som nickade lätt för att låta Erika veta att det var okej.

När hanen drogs från Erikas rumpa, kröp hon uppåt och satte sig upprätt, placerade sitt rövhål precis ovanför Kellys mun, och hon sänkte sig. Innerst inne mådde Erika lite dåligt för att vara i den positionen, men det var inte hennes kallelse. Det var vad hennes ägare ville. Och att döma av det lydiga slickandet hennes rumpa plötsligt kändes, ville Kelly det också.

När Erika kände hur hennes rövhål blev slickad och städad av den bundna hustrun, slöt hon ögonen och njöt av ögonblicket. Det var överlägset den galnaste natten i hennes liv. Ingenting hade någonsin kommit i närheten.

På många sätt var att bli auktionerad det bästa som någonsin hänt henne. Det gav henne en känsla av självförtroende. En känsla av att hon kunde göra vad som helst. Hon hade aldrig känt sig så bekväm i sin egen hud.

Det var sexuell befrielse när den var som bäst.

Kellys tunga gick lite djupare in i anus för att suga sperma, och Erika kände sig som en nöjd slav. Hon undrade om hon någonsin skulle kunna göra det här igen, och med vem?

Epilog:

Ett år hade gått och Richard hade lovat Kelly något speciellt.

Han hade kommit hem tidigt från jobbet. Under tiden hade Kelly precis kommit tillbaka efter en lång dag på kontoret. Hon var fortfarande klädd i sina kontorskläder.

När hon kom hem blev hon tillsagd att ta av sig skorna och lägga ner handväskan.

"Kan jag åtminstone byta kläder först?" hon frågade. "Jag skulle nog kunna använda en dusch också."

"Att tillåta dig att göra det skulle förstöra överraskningen."

Kelly log, "Ännu en galen present till vårt 11-årsjubileum?"

"Det stämmer", sa han och tog fram en ögonbindel ur fickan.

Hon tittade skeptiskt på honom, men höll med. Hon bar ögonbindel och Richard ledde henne uppför trappan, ner i korridoren, till deras sovrum.

När de kom fram till destinationen frågade Richard om hon var redo, och hon sa att hon var det.

Ögonbindeln togs bort.

Kellys käke föll nästan vid åsynen av en naken kvinna, bunden i sin äktenskapssäng. Den nakna kvinnan hade sina handleder och vrister sammanbundna med rep. Hon låg på knä, med rumpan pekad utåt.

Det var dock inte vilken naken kvinna som helst. Det var någon som verkade bekant. Någon som Kelly kunde känna igen utifrån den nakna baksidan.

"Är det...Erika?" hon frågade.

"Varför får du inte smaka och ta reda på det?"

"Gjorde du..."

"Jag köpte henne för ikväll. Eller längre om du vill. Hon kan vara vår slav när vi behöver henne. Hon är mer än villig."

"Du är för mycket", sa Kelly med ett lätt leende och skakade försiktigt på huvudet i misstro.

"Fortsätt, smaka älskling."

Kelly gav sin man en tvetydig blick, sedan gick hon fram till den bundna slaven, gick ner på knä och spred slavens underdel ännu längre med båda händerna. Kelly började utföra oralsex på Erikas rövhål och fitta.

När hon fortsatte med sitt muntliga arbete hörde hon ljudet av Richard som öppnade en låda. Hon försökte ignorera det och fokusera på att muntligt behaga slaven. Men hon kunde inte ignorera det när Richard placerade en liten låda på sängen, precis bredvid slaven.

Genom ögonvrån såg Kelly vad som fanns i den lilla lådan. Det var ett nyinköpt strap-on kit, och Kelly visste att det skulle bli ännu en lång natt.

DEN MUSLIMSKA FRUN

42

En av de unika sakerna med herrgården var att inget av rummen hade dörrar. Så vem som helst kunde se vad som helst, när som helst.

Detta var aldrig något Samira någonsin hade föreställt sig att vara en del av. Hon var en bra muslimsk kvinna. Hon var bara här för att hon för många år sedan hade ärvt sin fars marockanska rederi och genom smarta och kunniga affärsbeslut kunde hon skapa sig en mindre förmögenhet.

Den framgången tillät henne att leva extravagant i Amerika. Hon hade inte bara blivit en välbärgad affärskvinna , utan hon gjorde sig även ett namn i den filantropiska världen och gnuggade sig med stora kändisar och politiker.

Nu var hon här, på bottenvåningen av 'The Bondage Manor', som många av de elitistiska gästerna inofficiellt hade döpt det till. Hon var bara här på grund av sin man Michael, som var brittisk medborgare och en rik teknikinvesterare med alla de rätta kopplingarna (inklusive en plats som denna).

Hon var en 35-årig oskuld när de gifte sig för månader sedan, och hon kunde fortfarande inte tro att han hade övertalat henne att delta i en hedonistisk händelse som denna. Det var en försenad bröllopspresent , hade Michael berättat för henne. En gåva från sin närmaste vän, tillade han.

Alla gäster var oklanderligt klädda för tillfället. För hennes del inkluderade Samiras ensemble en elegant vit klänning, klackar och snygga smycken. Hennes läckra, vågiga svarta hår delades ner i mitten och flödade fritt; precis som hennes man föredrog. Det fick henne att se utsökt lockande ut, som han ofta sa.

Hon såg sig omkring och hoppades att det inte fanns någon som skulle känna igen henne. Ingen gjorde det. Gästerna till mestadels medelålders par, alla vita, var för upptagna med att fokusera på de olika priserna som var ute på auktion.

Läktklädda kvinnor stod på olika plattformar när gästerna lade bud på de de ville ha. Kvinnorna var alla attraktiva. Unga vuxna. Olika etniciteter och bakgrunder. Och det gladde Samira att se att var och en av de unga undergivna njöt av att vara där, med trevliga och förföriska leenden på sina charmiga ansikten.

"Har kul?" Viskade Michael förföriskt i hennes öra. "Du börjar se mer bekväm ut att vara här."

Samira höll sin man närmare. "Jag skulle inte säga det. Jag är fortfarande väldigt nervös."

"Vi kommer att vara i vårt eget rum snart nog, med mer avskildhet. Vem intresserar dig?"

Hon utvärderade sina alternativ närmare. Sanningen var att hon skulle ha varit nöjd med vilken som helst av de undergivna. Som nygift kvinna var att ha sex med sin man fortfarande ett underbart nöje som lämnade henne otillfredsställande. Michael var bra i sängen och alla hennes sensoriska nöjen hade uppfyllts.

Men tanken på att utforska tillsammans med en annan kvinna var en unik möjlighet att tänja på gränserna för hennes sexualitet ytterligare. Hon förenade det med sin strikta religiösa övertygelse genom att detta var väl inom ramen för hennes äktenskap.

När hon bläddrade var det någon som fångade hennes blick.

En oskyldig brunett i en åtsittande svart klänning, som var petite med mjölkvit hud; hud som verkade felfri. Hennes ansikte var runt och hennes gestalt liten. Suben hölls i ett koppel och en krage runt hennes hals, och hon låg på knä, dämpad med en fluffig röd kudde. Hon kunde inte ha varit äldre än mitten av 20-talet, och hennes bruna hår var knutet i en snygg bulle.

"Henne?" frågade Michael och märkte att hans fru stirrade.

Samira bekräftade, "Jag tycker att hon är bedårande. Jag kan inte fatta att hon ens är här. En sådan tjej?"

"Fantasier har inga gränser, min älskling. Jag är säker på att hon har en intressant historia. Ska vi titta närmare?"

De gick över till denna lilla unga kvinna. Andra gäster i herrgården surfade också. De undersökte den undergivnas ansikte, kropp, tillsammans med informationen som visades.

Namn: Erika

Ålder: 24

Höjd/vikt: 5'2 110 pund

Yrke: Högskolestudent (ekonomi)

Preferens: Inlämning

Inriktning: Öppen för vad som helst

Färdigheter: Allt och allt. Par. Oral rengöring.

Hål: Alla 3 tillgängliga

Erfarenhet: 3:e evenemanget

Citat: "Hej, jag heter Erika och jag skulle vilja vara din leksak. Även om jag är ganska ny , är jag fortfarande väldigt nyfiken och öppen för många saker. Jag kan vara en bra tjej, eller en dålig sådan. . Ditt val är mitt nöje."

Startpris: $500

Sub 'Erika' förblev stoisk när potentiella köpare stirrade på hennes skönhet och hade onda tankar om vad de skulle vilja göra med henne. Hennes ansikte var omöjligt att läsa.

"Ska jag lägga ett bud?" frågade Michael sin fru. "Eller ska vi fortsätta surfa? Det kanske finns någon annan du gillar mer."

Samira var stenhård. "Nej. Den här. Jag gillar henne. Hon verkar så söt. Det får mig att undra hur hon är privat."

"Självklart, min älskling. Det här är din upplevelse att beundra."

Michael lade ett bud på just den här ubåten och Samira såg på när hennes man gjorde affärer.

När buden lagts och tiden var inne tog auktionen sin gång. Det var minst 20 undergivna totalt. Var och en auktionerades ut. När det gäller gästerna som inte fick köpa en sub för dagen, skulle de tydligen vara upptagna med varandra eller med skötarna som skulle hjälpa till att underlätta dagens underhållning.

Samiras hjärtslag steg när hennes man bjöd. Hon ville inte att någon annan skulle äga Erika. I ärlighetens namn ville hon ha Erika för sig själv och Michael som en trio. En så härlig tjej som hon ville vara säker och vårda, nästan på ett moderligt sätt.

Och om de faktiskt vann budet? Skulle detta vara hennes första lesbiska upplevelse? Hon kände en känsla av panik och skam. Om någon i hennes hemland någonsin visste...

Då hörde hon det: Såld!

Michael hade vunnit budet. Den undergivna Erika reste sig och kopplet överlämnades till hennes man.

När den undergivna kom ner stod Samira och Erika ansikte mot ansikte. Den undergivna log. Allt Samira kunde tänka på var hur vacker den här unga kvinnan var och hur felfri hennes hud verkade; det glödde nästan. Och de där läpparna! Erika hade de mest ljuvliga och naturligt pösiga läppar man kan tänka sig. Hur måste de kännas under en kyss, eller något annat... undrade Samira.

Michael hjälpte till att bryta besvärligheten och de gjorde alla introduktioner. De utbytte trevligheter och Samira kände ett sting av skuld för att de skulle använda den här unga kvinnan för sexuellt nöje, och inget annat.

De gick alla upp för trappan tillsammans. Michael var i mitten och de två kvinnorna låste sina armar om var och en av hans. Vid det här laget hade partiet utvecklats. Det var fortfarande en högklassig angelägenhet för den sociala eliten. Men brösten var blottade. Kroppsdelar visades.

När de nådde övervåningen där alla sovrum låg kunde de redan höra ljudet av stönande och gud vet vad mer. Samira kikade in i ett av rummen och såg en asiatisk undergiven på knä som behagade en man muntligt, medan hans fru tittade på. I nästa rum klädde en undergiven Latina av sig för ett par, och modellerade stolt sin statylika kropp och mörka bröstvårtor för deras tittarglädje. I ytterligare ett rum hade en undergiven ögonbindel och blev bunden spridd örn på sängen.

Än en gång, Samiras skuld för att ha använt Erika på det här sättet förtärde henne.

De nådde sitt rum. Det var snyggt och hade japanska konstverk på väggen. Det fanns också ett stort fönster som övervakade gården, där många människor fortfarande umgicks utanför medan nakna skötare serverade mat och dryck. Samira var livrädd för tanken på att vem som helst kunde bara titta upp och se dem. Men det var reglerna för denna plats.

Som en artighet tog Michael av Erikas krage, vilket fick henne att se ännu mer hälsosam ut.

Samira ville säga: 'Du behöver inte göra det här, Erika. Du kan bara titta på oss, om det skulle göra dig mer bekväm.'

Innan de orden hann komma ifrån Samiras mun hade Erika tagit initiativet.

Det var en avslappnad blick i Erikas ansikte när hon stod framför dem, öppnade dragkedjan på baksidan av sin klänning och lät den falla till golvet. Hennes hud var blek och hon hade subtila kurvor. Hon bar ett matchande par vita bh och trosor, tillsammans med strumpor och strumpeband. Den tunna spets-bh:n med satinkanter verkade vara en kupa som var för liten för henne, vilket verkade avsiktligt, och som ett resultat var hennes rosa färgade bröstvårtor synliga ovanpå.

I det ögonblicket visste Samira att hennes eget omdöme var fel. Detta var inget misstag. Den här unga undergivna visste mycket väl vad hon gjorde, stod där med bröstvårtorna delvis exponerade, medan hon tittade ner på sig själv för att se till att hennes underkläder såg rätt ut. Hon anpassade bh och trosor och var mer än nöjd med att hennes bröstvårtor visades.

"Jag är redo", sa Erika med ett snett leende och händerna på höfterna.

"Du är en ganska ekonomistudent", konstaterade Michael och beundrade den knappt tillgängliga underkläderna.

Erika nickade. "Det är faktiskt mitt sista år. Jag har haft praktik två somrar i rad och jag hoppas få ett jobb som finansanalytiker nästa år."

"Hjärnor och skönhet. Precis som min fru. Hon driver ett stort rederi."

"Åh?" Erikas ögonbryn reste sig och hon såg över Samiras kvava gestalt.

"Det verkar som om vi alla är proffs här," påpekade Samira. "Min man och jag är nya här. Vi har nyligen gift oss. Och vi har aldrig gjort något liknande förut, om du kan tro det."

Erika nickade. " Åh , jag tror definitivt på det. Det här stället är populärt bland nyfikna par."

"Jag har märkt. Den här platsen är... unik."

"Det är bra. Dom /sub-grejen är unik och svår att få till rätt. Men det är vad den här platsen är till för. Att vara din guide."

Samira spände sig mjukt. "Jag är säker på att du är en mycket kompetent guide."

"Jag har tränats till perfektion. Så ja, jag är mycket kapabel på många saker. Och jag älskar att ge nöje."

"Du är också söt."

"Var du den som valde mig?" frågade Erika med ett gulligt uttryck i sitt runda ansikte.

"Det gjorde jag", erkände Samira. "Jag tycker att du är söt. Jag kanske till och med kallar dig sexig. Jag har aldrig varit med en kvinna förut, men min man vill att jag ska utforska något nytt."

"Det är perfekt. Jag älskar par. Jag har varit med några och jag har fått höra att jag är väldigt bra på det."

Samira tog ett djupt andetag av flickans upplevelse. "Du verkar..."

"Oskyldig?" frågade Erika lekfullt och avslutade Samiras mening.

"Ja. Du ser verkligen ut som en ängel."

"Samira, även änglar har sitt nöje."

"Apropå det," sa Michael in. "Jag har en förfrågan. Erika, vi har köpt dig för vårt nöjes skull. Men det är tråkigt. Alldeles för förutsägbart. Istället, Erika, jag ger dig fullständig kontroll över oss; min fru speciellt. Jag vill att min fru ska komma ihåg detta. Kan du göra det, Erika?

Samira flämtade till vid tillkännagivandet, och Erika reagerade motsatt och flinade på ett djävulskt flin.

"Ni har båda tur", svarade Erika med en svag glädje. "För att du har köpt rätt tjej för jobbet. Jag funderar alltid på sätt att vara stygg med sofistikerade människor. Jag är säker på att vi kan komma på något."

"Något i åtanke?" han frågade.

Erika vände sig mot Samira och funderade. "Hmm... låt oss se. En så stilig och elegant kvinna. Jag kan säga att du är tveksam till att vara här. Men jag kan fixa det."

Allt Samira kunde göra var att stå still och vänta, medan den här unga undergivna fortsatte att titta på henne och tänka på alla möjliga avvikande tankar om vad de alla skulle göra om några ögonblick.

"Jag vet", sa Erika till slut, med ögonen lysande. "Jag vill att du bär min krage medan jag håller i kopplet. Borta vid fönstret."

Rullomkastningen kom så plötsligt att Samira inte visste hur hon skulle känna . Det var en chock. Detta var inte vad hon ursprungligen hade gått med på. Och att användas som leksak var verkligen inte anledningen till att hon kom hit.

Hon såg över till sin man för moraliskt stöd och det fanns inget. Michael verkade helt med på denna idé och Samira var i underläge.

"Vill du förnedra mig?" frågade Samira och gömde obehaget i rösten.

"Nej. Jag vill bara se dig suga kuk."

Samira gjorde sitt bästa för att behålla värdigheten. "Och varför är det så?"

"Det är min favoritgrej i världen", svarade Erika med en svag glimt i ögonen. " Dessutom har du ett fint ansikte. Det ser exotiskt ut. Jag älskar den mörka färgen på din hud. Jag är angelägen om att se hur du skulle se ut när du får en undergiven avsugning."

"Men folk utanför kanske ser mig."

"Ännu bättre", nickade Erika. "Det råder ingen tvekan om att du kommer att ses. Det kommer att göra saker roligare, lita på mig."

Medan Samira stod förstummad höll Michael upp kragen.

"Ska vi?" han frågade.

"Vid närmare eftertanke..." tillade Erika och ändrade sig. "Jag har en bättre idé. Använd den här istället."

Den undergivna flickan sträckte sig bakåt och knäppte upp sin spets-bh och avslöjade hennes små pigga bröst och rosa färgade bröstvårtor i sin helhet. Hon nypte behån i ena änden och snurrade på den. Det var en blick av förtjusning i hennes söta ansikte.

"Jag gillar hur du tänker," log Michael.

"Lite kreativitet räcker långt. Får jag göra utmärkelserna?"

Maken nickade. "Du får."

Samira stod still när Erika närmade sig med bh:n i handen. Samiras läckra, mörka hår borstades bakåt, och hon lät Erika vira spetsbh:n runt hennes hals och skapa en improviserad krage och koppel med det släta tyget.

"Till fönstret", sa Erika i Samiras öra.

Hustrun sammanställde medan Erika drog ett försiktigt men bestämt ryck. Samira visste inte hur hon skulle känna. Kontrollen förlorades. Och inte mindre till en ung kvinna med ängla. När Samira stod framför fönstret såg hon gästerna som var ute och umgicks och de nakna skötarna som serverade förfriskningar.

"På knä", sa Erika och vände sig sedan mot maken. "Kuk, snälla."

Samira gick på knä och hennes sinnen blev starkare. Hon var skarpt medveten om allt som hände utanför, tillsammans med alla stönen av njutning i korridoren och känslan av mattan mot hennes knän.

Ännu viktigare, hon hörde ljudet av hennes man som tog av sig skorna och tog av sig byxorna snyggt och gentlemannamässigt (en egenskap som hon alltid hade tyckt vara sexig). Trots sin ålder var Samira fortfarande ny i världen av sugande kuk. Hon upptäckte att hon trivdes. Det var inte alls så förnedrande som hon hade förväntat sig under alla sina oskuldsår. Konstigt nog kändes det till och med stärkande på många sätt, eftersom hon fick kontroll över orgasmen hos mannen hon älskade.

Men att göra det här? Inför så många potentiella vittnen? På ledning av Erika?

Tanken skrämde henne. Hon hade inga trosor på sig, men hade hon haft det så hade de blivit genomblöta.

När hon knäböjde vid fönstret stod hennes bottenlösa man framför henne. Hans kuk var redo för ett sug. För första gången kändes det som att Samiras man var mer av en rekvisita än något annat. En kuk för henne att använda. Eller en kuk vars enda syfte var att knulla hennes mun.

Innan handlingen började ryckte Erika i behån/kopplet för att räta ut Samiras hållning, sedan sträckte hon sig fram för att exponera Samiras bröst genom att trycka ner toppen av klänningen.

"Du har fina mörka bröstvårtor", sa Erika och tittade över hustruns bara bröst. "De är redan stela. Du måste vara upphetsad. Inga bruna linjer heller. Din naturliga hudfärg är strålande. Du är extremt vacker, Samira. Jag har aldrig spelat med en kvinna från Mellanöstern förut. Det har dock alltid varit en fantasi ."

Samira brydde sig inte om att svara med den tunna bh:n lindad runt halsen. Om hon hade kunnat hade hon bara sagt "tack".

Hon förblev stilla medan Erika sträckte sig ner för att gnugga varje bröst och justerade var och en av hennes mörka bröstvårtor, vilket skickade en rysning längs Samiras ryggrad när hon användes som en leksak.

"Börja suga nu", sa Erika kort. "En så hård kuk ska aldrig få vänta."

Michael gjorde det första steget och klev fram så att hans erektion var bara några centimeter från Samiras ansikte. Normalt älskade hon att få ögonkontakt med sin man. Det skapade alltid en känsla av intimitet mellan dem.

Den här gången kunde hon inte förmå sig att titta på någon. Hon höll ögonen stängda, lutade sig framåt och sög sin mans erektion, precis som han ville. Hennes läppar lindade hårt och hon gjorde sitt bästa för att vippa huvudet fram och tillbaka, även med spetsbh:n lindad runt halsen.

Hon kände hur hanen stelnade i hennes mun. Det betydde att hon gjorde alla rätt saker och att hennes man älskade den här upplevelsen.

Hon kunde också höra det erotiska ljudet av Erika som andades hårdare medan hon vakade över henne.

Vilken show detta måste ha varit för suben. Och vilken show för gästerna utanför. Gud, hade någon av dem tittat på? Eller någon annan i korridoren?

"Ta honom hela vägen", sa Erika med en antydan till auktoritet. "Jag vill se dig deepthroat. Enligt min ödmjuka åsikt är ett bra avsugning ofullständigt utan en gag eller två."

Deepthroat. Nu är det något Samira hade varit noga med att undvika. Hon hade sett den handlingen i pornografi och hade alltid tyckt att den var trasig och klasslös. Eftersom hon var en värdig kvinna undvek hon det till varje pris och uppskattade det faktum att hennes man aldrig hade bett om en så smutsig sak.

Under denna omständighet, med ett provisoriskt koppel runt halsen, kände hon sig tvungen att följa ordern. Hon knep ihop ögonen så att tårarna inte skulle komma ut. Och hon hoppades att hon inte skulle göra några förödmjukande munkavleljud.

Hennes huvud gick sakta framåt och tog mer av hennes mans kuk i munnen och till hennes hals. Hon kände hur hanen ryckte på hennes tunga och träffade hennes hals. Hennes man älskade det. Vilket svek. Hon tog honom ännu djupare tills den nådde hennes strupe. Konstigt nog kände hon sig stolt över sig själv för att hon tog det hela vägen. En ny sexuell bedrift.

Hennes stolthet rasade när det oundvikliga inträffade; hon munkavle. Det var slarvigt och otäckt. Hennes ögon tårades och saliven droppade över hela hennes dyra vita klänning. Hon gjorde ett äckligt ljud och kände sig generad för det.

"Det räcker", sa Erika barmhärtigt. "Nu vill jag se dig bli knullad. Stå upp och tryck ansiktet mot fönstret. Oroa dig inte, glaset är gjort för att klara en kvinnas kroppsvikt mot det."

Erika drog lätt i behån/kopplet och signalerade Samira att stå och vända sig mot fönstret. Samira hörsammade och såg att några av gästerna faktiskt hade sett avsugningen medan de smuttade på champagne utanför. BH/koppel togs bort från hennes hals och slängdes i golvet av Erika.

Samira spred sina ben när hennes man tryckte isär hennes rumpa kinder och inre lår. Hon tryckte sitt ansikte på det speciellt installerade glaset, vilade sin kroppsvikt på det, och kände hur hennes man spred sin röv ytterligare för att komma åt hennes fitta bakifrån. Hon var bekant med denna position och hon böjde ryggen för att höja rumpan.

"Titta på mig", sa Erika med en förförisk artighet. "Jag vill se dina ögon och ditt ansikte när du blir penetrerad. Det är ett kraftfullt uttryck."

Samiras ansikte var redan mot Erika. Deras ögon låstes. Ingen av dem tittade bort när Samiras fitta sträcktes av den hårda kuken. Hennes mun släppte en flämtning och hennes ögon vidgades.

Hennes man gick till jobbet och knullade henne bakifrån. Hennes kropp gungade och hennes bröst svajade, med hennes mörka bröstvårtor lika hårt som alltid. Säkert såg fler gäster på herrgården denna uppenbara exhibitionistiska show. Men Samira vågade inte titta. Det var mycket mer lockande att hålla ögonkontakt med denna värdefulla undergivna som kontrollerade scenen.

Erika sträckte sig ner mot fingret på Samiras fitta. "Fan, du är så blöt."

"Jag vet," stönade Samira tillbaka, medan hennes fitta slogs och hennes kropp gungade fram och tillbaka.

Det var en sensorisk överbelastning eftersom Samiras kropp också smektes av Erika; med en liten vit hand gnuggar hennes fitta och sträcker sig sedan upp för att klämma hennes bröst. Samira stönade varje gång hon blev rörd och klämd. De där mjuka händerna fick henne att må så bra. Och att hennes fitta var hänförd kändes ännu bättre.

Stönen blev högre när Erika koncentrerade fingrarna på Samiras fitta. Det gjorde att Samiras ögon vidgades och hennes andning blev mer ansträngd.

"Jag har hittat din söta plats," sa Erika med en upprymd röst. "En kuk som knullar din fitta och mina fingrar som leker med din fitta, allt medan folk tittar utifrån. Du kanske inte är så ordentlig som du verkar? Kanske, innerst inne, är du bara en stygg jävla leksak som resten av oss. Gillar du att höra det, Samira? Gillar du att upptäcka att du är en så smutsig kvinna?"

Subens röst hade blivit låg och den var fylld av lust.

Viskade Samira. "Ja..."

"Cum nu. Jag vill se den."

Är det så här himlen känns? Samira undrade när hennes man övermannade hennes fitta och Erika gnuggade hennes klitoris i en snabb, cirkulär rörelse. Hon slöt ögonen och njöt av det. Samhället var förbannat. Detta var eufori.

Samira mumlade något ohörbart när vätska rann ner för hennes ben och ner på golvet. Hennes sperma gjorde också en röra på hennes mans kuk och Erikas upptagna fingrar, som förblev obevekliga under den intensiva orgasmen. Hon knöt ihop käken och underkroppen stelnade medan hon fick utlösning.

"Jag ska sperma också," stönade Michael.

"Följ hennes fitta", instruerade Erika. "Jag tar hand om städningen."

Samira kände hur hennes man pressade hennes höfter hårt och dunkade henne hårdare. Det var hans signal för en förestående orgasm. Rytmiska smällande ljud fyllde rummet när han kraftfullt tryckte mot hennes rumpa. Hennes fitta kände lycka.

Hennes man stönade och kom in i henne. Det var en sensation som Samira alltid hade omhuldat, känslan av att sperma fyllde hennes hål. När Michael gav sitt sista stön drog Erika bort sina fingrar och föll ner på knä.

"Fan ja", fnissade Erika och klappade Michaels bollar. "Om du nu får ursäkta mig, jag föredrar att städa direkt... medan det fortfarande är varmt och fräscht."

Samira rörde sig inte. Hon kände hur hennes mans kuk "ploppade" ur henne. Tomheten i hennes gapande, cum-dränkta hål ersattes med Erikas tunga. Hennes livs överraskning. Hennes första riktiga lesbiska upplevelse.

Hon slöt ögonen och stönade medan den begåvade tungan slickade, sonderade och slurpade hennes spermafyllda fitta. Allt slukades och svaldes. Hon njöt av känslan av den feminina tungan som tryckte in djupare, följt av Erikas vackra mun som slukade safterna.

När munnen drog iväg vände Samira på huvudet och såg Erika suga sin mans kuk. Det var en peeve. Detta hade man inte kommit överens om och hon kände ett sting av svartsjuka. Men hon var tvungen att beundra det.

Erikas läckra läppar lindades hårt runt den spermadränkta kuken och hennes huvud guppade snabbt och tog det djupt utan en antydan till en gag-reflex. Det var vackert. Graciös. Erikas läppar snurrade ibland runt Michaels huvud innan hon gick tillbaka till att vira sina läppar runt skaftet för att suga kraftigt. Det var så riktig kuksugning skulle se ut.

Erikas mun gick fram och tillbaka, sög Michaels kuk och slickade Samiras fitta.

"Hur mår du?" frågade Michael sin fru.

Samira njöt av känslan av tungan tillbaka i hennes hål. Hon förblev böjd med armarna lutade mot fönstret. Fler gäster tittade slentrianmässigt på detta avvikande möte, och vem vet vem mer som hade kikat i korridoren. Hon brydde sig inte längre. Det var faktiskt en fantastisk turn-on.

"Som en ny kvinna", var allt Samira kunde säga.

När hennes fitta städats ut vände Samira sig mot sin man och tackade Erika. Hon hade antagit att detta oheliga möte var över. Men när hon mötte dem såg hon Erika stå på fötter igen. De var bara centimeter från varandra.

Samira kunde inte låta bli att lägga märke till de där läckra, fylliga läpparna som Erika hade. Läppar gjorda för att kyssas och suga. Den här gången glittrade dock Erikas fylliga läppar av färska fittjuicer och belagda med het sperma.

Erika slickade upphetsat om sina läppar och stod framför Samira medan de låste ögonen. Det var uppenbart vad den här tjejen ville. Varför förneka det?

De kysstes. Samira tryckte sina läppar mot Erikas och deras munnar öppnades. Deras tungor brottades och de delade orgasmiska vätskor med varandra i det passionerade utbytet. Deras armar virade runt varandra och deras bröst och hårda bröstvårtor pressades ihop.

Färsk sperma byttes i munnen och rullade på tungan. Sakta verkade skulden inom Samira sedan länge glömd. Ingen skulle någonsin veta. Detta var en hemlighet som alltid skulle stanna inne i bondagegården.

KLUBB BDSM

57

Det var fullt dagsljus på Park Avenue, det mest attraktiva och imponerande området i New York City. Som de flesta dagar i storstaden gick arbetarklassen till och från sina kontor, de rika njöt av god mat och turister promenerade i stadsdelarna medan de tog bilder.

Bortsett från normerna för det livliga kvarteret stod Erika naken i ett kargt rum på 38:e våningen i ett lyxigt hyreshus. Hon var placerad framför ett fönster, som var täckt av en tunn vit gardin för avskildhet.

Hennes händer var hårt sammanbundna ovanför hennes huvud, fästa i ett svart rep som hängde från en krok i taket.

En utsmyckad svart mask dolde toppen av hennes ansikte, men framhävde hennes framträdande näsa och haka. Det lät skönheten i hennes ansikte synas, samtidigt som den döljer hennes identitet. Hennes långa mörka hår forsade fritt längs ryggen och hennes läppar accentuerades av rubinrött läppstift.

Sidensvarta strumpor med en söm längs ryggen täckte hennes välformade ben. De fick hennes omöjligt långa lemmar att verka ännu längre. Svarta klackar fullbordade hennes knappa klädsel. Hennes kropp visades för fullt, i all sin nakenhärlighet.

Ingen skulle förneka att hon var förtrollande. En sällsynt kombination av styrka och femininitet, hon tilltalade både män och kvinnor. Medan hon var smal men ändå kurvig på de rätta ställena projicerade hon en bild av att hennes kropp var byggd för grova jävlor . Vid 28 års ålder hade Erika insett att hon gillade att bli sexuellt utnyttjad av andra, och det var precis vad hon förväntade sig idag.

Inte ens hennes närmaste vänner visste om den depraverade hemligheten hon höll på. Hennes undergivna önskan och begär att användas för andras nöje kan vara svårt för dem att förstå.

Så småningom lät hon proffs ta kontrollen på denna hemliga plats i församlingen. Det var en elegant miljö där likasinnade av en viss klass kunde ägna sig åt sina mycket stygga begär. Maskerna var diskretionära. Men för Erika var det ett absolut måste; ingen kunde veta att hon lät sig behandlas på ett så skandalöst sätt. Hon var en stark advokat för guds skull.

Reglerna var enkla. Sekretessen var helig. Renlighet var icke förhandlingsbar. Respekt var nödvändigt. Detta var en exklusiv affär och alla kom klädda därefter.

När Erika stod där bunden och maskerad såg hon hur den kvinnliga auktionsförrättaren trädde på plats bredvid henne. Auktionsförrättaren bar en målmedvetet avslöjande kostym, dekolletage och allt, tillsammans med en guldmask för att dölja hennes identitet också. Hon var en lång kvinna med en befallande aura, vilket gjorde henne perfekt för jobbet.

I en märklig händelseutveckling hade Erika anslutit sig till dessa tabusammankomster på begäran av auktionsförrättaren, som otroligt nog också var en advokat vid namn Lea. De hade motsatt sig advokater under en lång rättegång. När ärendet avslutades bad Lea ut Erika på drinkar.

"Du vet något", hade hon sagt till Erika vid ett privat bord, medan de båda föll ihop, misshandlade och utmattade efter det ansträngande fallet. "Kvinnor som vi är en sällsynt ras. Vi jobbar bort oss. Vi är smarta. Sofistikerade. Dedikerade. Och vi gillar båda att bli knullade på ett visst sätt. Jag kunde säga vilken typ av kvinna du är första gången jag såg dig ."

Erika spottade nästan ut sin drink. Gav hon verkligen ifrån sig någon typ av sexuell stämning? Hur kunde den här kvinnan dra slutsatsen att Erika gillade det grova?

Under större delen av Erikas vuxna liv hade sex varit vanilj. Den vanliga malningen krävdes för att uppnå orgasmer av minimistandarden. Men de senaste åren hade hon gjort några stygga förfrågningar från sina partners för att piffa upp saker. Grovt jävla. Lätt kvävning. Lite smisk. Men viktigast av allt, hon hade bett om att bli behandlad som en sexuell leksak, i motsats till en romantisk partner. Först när dessa villkor var uppfyllda kunde Erika uppnå jordskrossande orgasmer.

Hade en av hennes ex-pojkvänner spridit budskapet om hennes avvikande önskningar? Eller var Lea en extraordinär sexpert? undrade Erika medan hon stirrade, med en hjort i strålkastarblicken.

"Jag tillhör en typ av klubb. Det är för män och kvinnor som tycker om att tänja på gränserna för okonventionellt sex. Tänk på det. Det är ett mycket exklusivt nätverk och vi skulle kunna använda nya medlemmar som du. Oroa dig inte, ingen kommer att göra det. någonsin veta. Det finns ett formellt kontrakt som innehåller en sekretessklausul. Vi är alla bundna till sekretess med undantag och avtal. En hel del medlemmar är advokater. Om du fortfarande är osäker på integritet kan vi erbjuda dig en skräddarsydd mask från Venedig. Några av våra uppskattade kvinnliga medlemmar bär dem. Det gör dem lugna medan de utforskar de mörkare delarna av deras sexualitet."

Erika blev förstummad och hennes kinder blev klarröda. Lea hade sett den här looken förut, många gånger. Oförskräckt gick hon framåt och spred information som gjorde Erikas trosor omedelbart blöta.

Efter en del dialog för att lugna Erikas plötsliga hyperventilering, fortsatte Lea sin pitch. "Kinky grejer. Rep. Piskor. Gruppinställningar. Dominans. Underkastelse."

"Som BDSM?" frågade Erika.

Lea log. "Det är en BDSM-klubb. Egentligen deltar jag på ett väldigt unikt sätt. Hur skulle du vilja bli såld? Om du håller med så ser jag till att du går till den mest spännande budgivaren."

Deras hemliga samtal fortsatte tills Lea sköt ett kort med ett telefonnummer till Erika. Med det stod hon, betalade räkningen, log ner mot Erika, vände sig om och gick. Hon var säker på att ett samtal skulle komma. Det ödesdigra mötet hade varit starten på Erikas välsignade sexuella frigörelse.

Efter flera dagars intensiva överväganden ringde hon upp samtalet och trodde att hon inte hade något att förlora. När allt kommer omkring, tänkte Erika, vem skulle Lea berätta? De var båda karriärkvinnor och hade mycket att förlora när det gäller deras rykte och potentiella kunder.

Vid det laget började hennes lektioner; rumpa, fitta, mun. Hon var disciplinerad i alla konster. Hennes kropp tränades för att hålla erotiska positioner under långa perioder. Alla hennes nöjespunkter hittades; styrkor och svagheter bestäms. Det dröjde inte länge förrän Lea hade klassificerat Erika som en bondage djävul och smärtslampa. Det var den rätta diagnosen för denna oerfarna sub.

Naturligtvis hade Lea haft stor glädje av sin roll som Erikas sexuella mentor. Efter att ha varit ansvarig för träningsschemat var Erika särskilt väl insatt i att ge nöje exakt enligt Leas specifikationer. De hade tillbringat många trevliga kvällar med Erikas ansikte planterat i fittan och rövhålet på hennes köttsliga tränare. I slutet av en hård dag i rätten var mötet för de olagliga aktiviteterna en välkommen behandling. Deras gemensamma entusiasm och arbetsmoral gjorde dem särskilt väl lämpade att både ge och ta i sina respektive roller.

Det var då.

Nu tog gästerna plats i rummet. Det måste ha varit minst 15 personer närvarande, vilket verkade vara standarden. Erika kunde inte göra en exakt räkning eftersom hon var låst vänd mot frontväggen. Längre ner i korridoren hörde hon fler människor fräsa omkring i resten av lägenheten (åtminstone ytterligare 15).

Det var sant vad de säger om att andra sinnen förstärktes när man blev hämmad. Ljudet av fotsteg och människor som sätter sig i de stoppade högryggsstolarna var tydliga. Snart hörde hon tysta viskningar om sin skönhet. Så småningom övergick samtalen till sätt på vilka gästerna föreställde sig att använda henne för sin tillfredsställelse.

Den potenta kombinationen av att vara bunden och att inte veta vad som skulle hända gjorde att Erikas fitta fuktades av förväntan. Juicer samlades på toppen av hennes lår eftersom hon inte hade något könshår för att hålla det i sitt intima utrymme.

Auktionsförrättaren slog en klubba på pallen. "Mine damer och herrar, innan vi börjar vill jag personligen tacka er alla för att ni kom. Vi har ett underbart utbud av män och kvinnor idag. Vi är säkra på att ni kommer att njuta av de nöjen vi har i beredskap."

Hon avstod från de vanliga formaliteterna när evenemanget började. Hennes ord var professionella och talade med den självsäkerhet som krävs av en bra advokat. Men det fanns också en förförisk och lekfull egenskap till hennes leverans. Den lilla publiken applåderade när förfarandet officiellt var igång.

Auktionsförrättaren fortsatte: "Först börjar vi med Erika, denna fantastiska skönhet som står bredvid mig. Officiellt är hon ett arbetande proffs, mycket respekterad inom sitt område. Inofficiellt, inför er alla, kommer hon att användas som någons jävla leksak."

Erika kunde inte hålla tillbaka sin spänning och den ofrivilliga spasmen från hennes fitta.

"Jag vet att många här har en fetisch för arbetande kvinnor. Tro mig när jag berättar att Erika har hjärnor som liknar hennes otroliga kroppsbyggnad. Vem av er skulle vilja äga henne? Vem vill få denna högutbildade kvinna att underkasta sig er sexuella infall?"

Trots att Erika inte kunde titta hörde hon gillande sorl. Auktionsförrättaren noterade dock nickningarna, slickandet av läpparna och skärpta blickar. Lusten låg i luften och Erika var på allas aptit.

"Först börjar vi med att visa upp hennes ben."

Auktionsförrättaren lämnade podiet med en läderpaddel i handen när hon närmade sig Erika. Sedan gned hon spetsen på paddeln längs Erikas svarta strumpor. Erika gjorde sitt bästa för att förbli stilla, trots sin egen upphetsning.

"De här benen är långa och felfria," sa auktionsförrättaren. "Utan klackar står hon på 5'8". Hon är en löpare och har genomfört en hel del maratonlopp för välgörenhet. Tänk bara på hur bra det skulle kännas att köra fingrar, läppar, fittor eller kukar över dessa ben."

Erika blev blötare när paddeln rörde sig uppåt och slogs mot hennes rumpa.

"Jag vet att många av er tycker om att ge en bra smisk till en mogen rumpa. Erikas rumpa är perfekt rund och frodig; hennes ömma hud klarar långa paddlingsperioder. Tillåt mig att visa demonstrera . "

Paddeln pressades platt mot Erikas vänstra rumpa kind och drogs sedan tillbaka av auktionsförrättaren. Ett dånande klapp lät när kontakt återigen skapades mellan paddeln och hennes rumpa. Det ekade högt i rummet och fick Erika att rycka till, trots hennes bästa ansträngningar att förbli stilla.

Ytterligare ett slag utföll. Sedan en till. Och en annan. Varje slag var hårdare än det förra. Båda kinderna fick den brännande känslan som var förknippad med smisk, i lika stor utsträckning.

När smisken var slut hade den vita huden blivit rodnad och utstrålat värme.

"Mine damer och herrar, det är bara en teaser", log auktionsförrättaren bakom sin egen mask. "Nu till hennes anus."

Rövjävlingar var något Erika bara hade vant sig vid sedan hon gick med i denna hemliga BDSM-grupp . Även om hon var lång och verkade starkt byggd, var hennes anus känslig och liten. Endast de närvarande experterna kunde få in stora tuppar i hennes förbjudna hål. Det krävde kontroll och tålamod.

Mjuka, feminina händer rörde vid Erikas rumpa och tvingade isär kinderna, och exponerade hennes lilla bruna hål för gruppen. Hon kände sig helt exponerad och sårbar när luft strömmade över hennes anus. Märkligt nog kunde hon också känna rummets hungriga ögon titta på det, i all sin prakt.

"Som ni alla kan se är hennes hål knappt där, litet och ber om att bli utsträckt. Någons lyckliga kuk kunde hitta nirvana där inne idag."

För den vågade delen av presentationen lade auktionsförrättaren ner paddeln och höll Erika i höfterna och vände henne runt så att hon skulle möta den lilla publiken.

Erika såg folkmassan genom sin mask. Det var den typiska gruppen; en jämn uppdelning av män och kvinnor. Alla var skarpt klädda på ett slentrianmässigt elegant sätt. Deras ansikten hade samma blick av längtan som de var och en hoppades få av på ett speciellt sätt. Åsynen av Erikas bröst och fitta verkade fascinera deltagarna när den kom till synen.

Erikas bröstvårtor blev stenhårda.

Auktionsförrättaren tog upp paddeln igen och tryckte fast den ordentligt mot Erikas blygdläppar, vilket för övrigt också satte press på klitoris.

"Jag kan ärligt säga att jag har haft nöjet att smaka på vad som finns mellan de här benen. Mina damer och herrar , oavsett om du vill knulla hennes fitta eller äta den, kommer du att få en riktig njutning."

Erika kände hur paddeln rörde sig till hennes runda bröst, cirklade runt hennes ljusbruna bröstvårtor. Paddeln slog mjukt på undersidan av varje mes, vilket fick hennes bröst att vippa inför den beundrande publiken.

"Och titta bara på dessa bröst," sa auktionsförrättaren med förtjusning. "Kan någon av er tro att de är verkliga? Och de är väldigt verkliga, jag kan försäkra er."

Erika stönade när auktionsförrättaren böjde sig ner för att grovt klämma hennes vänstra mes och bet försiktigt ner på bröstvårtan. Auktionsförrättaren gav bröstvårtan ett snabbt sug innan han släppte den.

Till slut rörde sig paddeln upp till Erikas läppar.

"Sist, men inte minst, hennes mun. Perfekt för att kyssas. Perfekt för att suga. Perfekt för rengöring. Nämnde jag att hon älskar att äta sperma? Både män och kvinnors . "

Fler gillande nickningar kom från publiken.

"Avslutningsvis är den här en smärtslampa," sammanfattade auktionsförrättaren. "Hon har en hög tolerans och längtar efter ditt bästa."

Erika noterade genast publikreaktionen, som sträckte sig från flämtande till flin.

Auktionsförrättaren stod återigen bakom prispallen och lade in bud. Den som föreslog de kinkyste sexhandlingarna, gjorda på det mest provocerande (men ändå rimliga) sättet skulle vinna budet. Erbjudandena kom in, var och en mer lockande än den förra.

Äntligen hörde Erika de magiska orden som fick hela hennes kropp att uppmärksammas. Hennes bröstvårtor ansträngde sig och hennes fitta började darra ivrigt.

"Såld!" sa auktionsförrättaren högt och slog klubban mot podiet. "Vi har oavgjort. Till gäster #3 och #7. Du kan nu hämta ditt pris för att dela mellan er båda."

Vinnarna hade klargjort sina avsikter i förväg:

Man #3 bar ingen mask. Erika kände igen honom från tidningens samhällsavdelning. Den här välkända filantropen hade lovat att tämja Erikas rumpa med en bra smisk. Precision utlovades; en läderflog var hans favoritverktyg. Då skulle han äga hennes rövhål med sin enorma kuk. Försäkran gavs att han var expert på att knulla och tämja pigga kvinnor.

Kvinna nr 7 hade rik, mörk hy. Det skulle vara Erikas första upplevelse med en svart kvinna. Hennes fylliga, läckra läppar såg ut som om de njöt av att ge och ta emot erotisk underhållning. Hon var också utan mask. Hon var en väl ansedd expert på bröstspel och kunde alla tips och tricks för tortyr av bröstvårtor. Genom att använda precis rätt kombination av nypning och vridning kunde hon ge stimulans som gav ljuvt lidande, utan att lämna bestående skador. Och som lesbisk visste hon hur man bäst äter en bra fitta.

Erika hade aldrig delat sexuellt nöje med en svart kvinna tidigare, och idén gjorde henne väldigt upphetsad.

Dessa två dominanter valdes ut av auktionsförrättaren på grund av deras samarbetspotential. Medan Erika var bunden i denna prekära position, skulle båda försörja ubåten samtidigt; en fram och en bakifrån. Det skulle ge den lilla publiken en minnesvärd show.

Hela Erikas kropp darrade när vinnarna närmade sig framsidan av rummet. Hon hade använts inför en liten grupp tidigare; Exhibitionismen förhöjde bara hennes slutliga frigivning. Detta var första gången hon användes av två personer, som skulle arbeta tillsammans på olika sidor av hennes kropp. Det var hennes smutsiga dröm som gick i uppfyllelse.

Den svarta kvinnan var den första som fick kontakt och gnuggade sina mörka fingertoppar över Erikas mjölkvita hud. Erika tittade ner och blev upphetsad av färgkontrasten, speciellt när fingrarna gnuggade över varje ljusbrun bröstvårta.

"Du känner dig spänd," sa kvinna #7. "Första gången med en svart kvinna? Jag gillar att vara den första. Det är en ära att vara din första svarta Domme . Oroa dig inte älskling, du kommer att njuta av det."

Erika svarade inte. Det gjorde hon aldrig. Att dölja hennes röst var en del av att förbli anonym. Hon tittade helt enkelt på denna mäktiga kvinna genom sin mask, i hopp om att hon inte skulle bli igenkänd.

Deras ögon låstes intensivt och för ett ögonblick undrade Erika om den här dominerande svarta kvinnan hade känt igen henne någonstans ifrån. En offentlig annons för hennes juridiska tjänster, kanske?

När man #3 plockade upp en läderflog vände Erika sin uppmärksamhet mot honom. Han gjorde övningsrörelser som såg koreograferade ut. Hon var helt säker på att han var den expert han påstod sig vara. Blicken av elak förtjusning i hans ansikte fick Erika att tro att piskning skulle göra ont. Med händerna bundna ovanför huvudet var Erikas kropp helt sårbar.

"Jag har haft ögonen på dig," sa man #3. "Ända sedan jag såg dig första gången för några veckor sedan har jag velat använda dig på de mest smutsiga sätt. Låt oss se om din rumpa var värd att vänta på. Först ska jag vända dig åt sidan så att alla kan se mig plundra och plundra din söta lilla röv."

Erika lät sig vändas, så att de tre deltagarna ställdes upp på rad. När Erikas ögon fokuserade på den vackra kvinnan framför henne kände hon mjuka smällar från floggaren mot hennes rumpa. När smällarna blev kraftigare log kvinnan framför henne av förtjusning över den djävulska disciplinen.

Snart sprack floggern hårt mot hennes rumpa, vilket fick Erikas kropp att stelna och rycka av den brinnande saligheten som lämnades i dess kölvatten. Erika stönade och gjorde staccato-grymtningar som hon försökte undertrycka.

Kvinna nr 7 förde in två av sina mörka fingrar i urtagen i Erikas mun, som om hon testade hennes gag-reflex. "Gör mycket ont? Gillar du den typen av smärta, sub?"

Erika nickade bara medan hennes rumpa fortfarande piskades.

"Snäll tjej. Jag har precis grejen för dessa läckra bröstvårtor. Precis så fort han tar din rumpa."

Folkmassan stirrade i vördnad medan mannen fortsatte att piska Erikas rumpa och den svarta kvinnan lutade sig fram för att kyssa hennes mun. De fylliga, fylliga läpparna var en njutning för Erika. Det var allt en bra kyss skulle vara, speciellt när deras tungor dansade tillsammans. Floggaren knäckte Erikas rumpa smärtsamt och hon stönade desperat in i den svarta kvinnans mun. När Erika öppnade ögonen i oro kunde hon se kvinnan titta tillbaka och bedöma hennes reaktion.

Erika var säker på att kvinnan njöt av att kyssa någon som stönade i vånda efter en kraftig piskning. Kvinnan verkade bli alltmer väckt av Erikas smärtsamma vokaliseringar. Bakom sig hörde hon hur mannen mumlar tillfredsställt medan han fortsatte att rodna hennes rumpa. Hon var säker på att han redan hade ett enormt hårt jobb.

Mellan de två sexuellt laddade varelserna kände sig Erika som en kanal för avvikande erotisk energi. Effekten på henne var enorm. Förutom den överväldigande hänryckningen hon skördade av smärtan, fick hon att känna sig extremt undergiven att veta att de två dominanterna höll på att komma iväg med detta.

Pisslingen upphörde, vilket bara kunde betyda en sak. Även om hennes läppar fortfarande var låsta i en lustig kyss, hörde hon ljudet av en flaska som öppnades och glidmedel som klämdes. Mannen gav hennes rumpa en kraftig smäll med sin bara hand, vilket fick hela Erikas kropp att krypa ihop sig. Han markerade aggressivt sitt territorium innan jävlingen började.

Då kände Erika den välbekanta känslan av att hennes kinder drogs isär, vilket lämnade hennes rövhål exponerat. Omedelbart kändes känslan av en hård, lube täckt kuk av hennes bruna rynka när den ställde upp för penetration.

"Jag tycker om att knulla en kvinna i rumpan på det här sättet," sa man #3 och smekte Erikas revben, började vid hennes midja och rörde sig uppåt, mot hennes fasthållna armar. "Det är som att du är en vacker, jävla köttbit. Jag ska göra det fint och grovt, precis som du vill ha det."

Hans starka, lugnande röst gjorde Erika ännu mer upphetsad när han sträckte sig ner och tryckte in huvudet på sin smorda kuk i hennes lilla, vältränade rövhål. Erika försökte bryta sig loss från kyssen, men kvinnan tog tag i sidorna av hennes huvud och ville inte släppa greppet.

När hanen på ett skickligt sätt fördes in i den lilla öppningen på hennes rumpa, andades Erika tungt genom näsan. Hennes ögon vidgades medan hon väntade på den brännande smärta som hon förväntade sig. Det kom snart nog, och Erika skrek till svar.

Erika klämdes fast mellan greppet han hade om hennes höfter, och klorna på den svarta kvinnan vars tunga fortsatte att brotscha hennes mun; hon hade inget annat val än att ta förskottet i rumpan utan att röra på sig för tröst. Det blev ingen paus. Mannen var väl insatt i vinklar och brytpunkter. Han körde in tills hans bollar vilade mot hennes rumpa. Grymheten i hans överfall var ljuv tortyr. Det rådde ingen tvekan om att hennes rumpa precis hade ägts.

Erikas ögon vidgades när hon drog ett djupt andetag. Istället för att stöna flämtade hon som luftsugen. Den svarta kvinnan verkade förtjust över denna anala attack.

"Min tur," sa kvinna #7. "Baby, vita bröst som dina är min favorit. De ser så mjölkiga och krämiga ut mot mina händer. De ber om att bli sårade, och det är min specialitet ."

Erika tittade ner och höll med; kvinna #7:s ebenholtsfingrar gav en ganska kontrast mot hennes egna liljevita bröst. Till en början var beröringen mjuk och kärleksfull. Sedan implementerade den svarta kvinnan sin berömda tortyrrutin för bröstvårtor och gav tillbaka sin tunga för att fylla Erikas slaka mun.

De där chokladfingrarna klämde på undersidan av Erikas vaniljbröst och knådade dem sedan som en rå deg. Det gjorde ont, men var ingenting jämfört med smärtan av att hennes lilla rövhål blev så illvilligt knullad av mannen. Sedan klämde de mörka fingrarna var och en av Erikas bruna bröstvårtor. Nu var detta mer jämförbart med den skarpa smärtan i hennes rumpa. Två av hennes nöjesställen hänfördes nu. Hon var tacksam att ingen torterade hennes fitta samtidigt.

Kvinnan fortsatte att vrida de känsliga nubbarna så hårt att Erikas ansikte grimaserade i utsökt misär. För ett ögonblick glömde hon nästan bort att hennes rövhål höll på att räddas. Nästan... Ljudet av mannens lår som smäller mot hennes rumpa riktade om hennes uppmärksamhet mot hennes baksida. Erika nådde vad hon trodde var hennes smärtgräns. Hon bröt den passionerade kyssen, kastade bakhuvudet och tjöt.

"Jag vet att det gör ont", viskade den svarta kvinnan medan hon klämde lite till. "Men det är på väg att kännas så, så bra."

För hennes liv kunde Erika inte förstå hur smärtan i hennes bröstvårtor någonsin kunde kännas bra. Men när hennes bröstvårtor släpptes, böjde sig den svarta kvinnan ner och sög kärleksfullt var och en av Erikas bröst, vilket skickade en salig känsla längs ryggraden. Det nöjet, i kombination med det glada överfallet på hennes sodomiserade rumpa, drev Erika till gränsen till hennes sexuella förnuft. Den svarta kvinnans tunga var lika lugnande som de fylliga läpparna, och de samarbetade för att lindra smärtan i bröstvårtorna.

Men njutningen i hennes bröst varade inte länge då den svarta kvinnan grymt tog bort munnen. Än en gång vred hon de salivtäckta bröstvårtorna och plågade Erika ytterligare medan hennes rumpa fick en ordentlig plöjning.

"Jag kommer inte att göra det så roligt för dig," log kvinna #7. "Jag vill att du ska ha balans. En kinky yin och yang. Han får baksidan, och jag får fronten. Du måste bara stå där och ta det som en bra sub."

#3 noterade det, lade sina händer på Erikas axlar för grepp och gick verkligen till stan på hennes rövhål. Hon gnisslade ihop tänderna och gjorde skrikande ljud, vilket gjorde henne rejält generad inför den beundrande publiken.

Den jättelika kuken som knuffades in och ut ur hennes lilla hål gjorde henne så ostadig att hon knappt kunde stå. När Erikas knän försvagades började hon kollapsa och lade mer vikt på sina bundna handleder. Sträckningen och dragningen på hennes axlar registrerades knappt av hennes hjärna som kämpade för att klara av extrema förnimmelser på motsatta plan av hennes kropp.

"Hon går sönder", sa kvinna #7 och slickade sina läppar samtidigt som hon fortsatte att förfölja Erikas bröstvårtor. "Det är dags att vi gör slut på henne."

Man #3 förblev obeveklig i Erikas rövhål och grymtade, "Jag vill att hon ska komma när jag kommer."

Instruktionen till meddominanten var tydlig. Den svarta kvinnan släppte de ömma bröstvårtorna, gav dem ett snabbt sug för lättnad och föll sedan ner på knä framför Erikas utbredda fitta.

När hennes rövhål blev hänförd av den stora kuken och hennes fitta slickades av en gudinna, blev Erika överväldigad av motstridiga förnimmelser. Den nonstop blixten på hennes rumpa kompenserades av det ömma suget på hennes klitoris. Ibland använde den svarta kvinnan sina tänder för att försiktigt bita Erikas svullna klitoris, vilket fick henne att gråta av iver. Men den svarta kvinnan kompenserade för det genom att sakta och kärleksfullt lapa åt det efteråt. Som ett resultat knuffades

Erika till kanten av orgasm upprepade gånger, men hennes frigivning nekades. Hon kändes som en vulkan som höll på att få ett utbrott.

Med den svarta kvinnan nere på knä kunde Erika till fullo uppskatta intensiteten med vilken publiken stirrade på trekanten. Varje gäst på detta BDSM-evenemang såg helt hänförd ut av synen av Erika som kördes till randen av en sexuell explosion. Hon ägdes och var uppenbarligen upphetsad av hennes sexuella träldom. Bakom denna mask var hennes identitet säker. Hon tillät sig själv att släppa taget och fördjupa sig i de mest avvikande nöjena.

Hon bröt sin egen tystnadsregel och gnällde till slut orden "Åh Gud", när hennes röv blev häftigt knullad och hennes fitta äts upp på ett kompetent sätt.

Hennes ord gav bara bränsle till elden och fick man #3 att knyta ihop hennes axlar så hårt att blåmärken säkert skulle finnas kvar. Hur svårt det än var att tro, insåg Erika att han hade hållit tillbaka. Hans stötande blev frenetisk och hon var säker på att han snart skulle tömma sitt frö i hennes rumpa.

"Jag har en fin stor last till dig," grymtade mannen.

Trogen sitt ord fortsatte han att morra i hennes öra men stillade sitt angrepp. Erika kände hur hennes inre ändtarm täcktes av flera stora spermastötar. På några ögonblick blev hanen slapp och drogs tillbaka från hennes rövhål. Erikas rumpa gapade nu när den plötsligt var tom. Omedelbart längtade hon efter att hans hårda kuk skulle återvända till sin mest privata passage.

"Saknar du mig redan?" han viskade. "Du är en fantastisk jävla med en stram rumpa. Väl värt att förvänta sig."

Han klappade hennes rumpa och Erika kände sperma droppa från hennes rövhål. Hon blev förvånad över att känna hur hans fingrar svepte mot hennes lossnade hål och doppade ner i den krämiga flytningen. När de spermabelagda fingrarna fördes in i hennes mun blev hon ännu mer chockad. Efter en stunds tvekan sög Erika rena fingrar. Hon frossade i ögonblickets fördärv innan hon knuffades ut ur sin dvala av tungan från den svarta kvinnan på hennes fitta.

Erika tittade ner i de där grymma bruna ögonen. Den passionerade svarta kvinnan slickade och sög djupt på Erikas klitoris. Man #3 stod bakom Erika och smekte hennes nedre rygg och rumpa i hopp om att se Erika komma in i kvinnans mun.

"Det var det", sa mannen till Erika. "Skäms inte för att komma i munnen. Hon råkar tycka om att dricka vita kvinnor. Du har förtjänat denna klimax, slampa."

Erikas hjärta bultade och hon viskade "Åh fan" för sig själv.

När den svarta kvinnan slängde tungan över Erikas klitoris, kom orgasmen äntligen i episk mått. Kraften som hade släppts lös i hennes kropp fick luften i lungorna att sprängas. Denna orgasm påverkade inte bara musklerna i hennes bäckenbotten; Hela hennes kropp kröp ihop och drog ihop sig av explosionen. Hon kunde knappt stödja sig på sina nu gummiliknande ben. Hela hennes kroppsvikt hängde på hennes handleder, hårt bundna ovanför hennes huvud. Följaktligen drogs hennes axlar på ett extremt sätt som kan ha varit smärtsamt under normala omständigheter.

Hon brydde sig inte. Obehaget i hennes armar var tillfälligt. Denna orgasm var något hon skulle komma ihåg för alltid.

Erika sprutade in i den svarta kvinnans mun. Det var kulmen på all den läckra vånda hon hade upplevt i sina bröstvårtor och sitt rövhål. Hon var verkligen en smärtslampa. Det var sant; alla i rummet kunde nu intyga det faktum.

Sedan blev hon slapp. När hon försökte få tillbaka kontrollen över sin andning försökte hon stå på egna ben. Den svarta kvinnan log och visste att jobbet var gjort. Mannen hjälpte henne att hålla fast tills hon kunde försörja sig.

"Precis som annonserat", sa auktionsförrättaren till publiken när Erika spenderades. "Precis som annonserat. Bra jobbat."

Publiken applåderade medan Erika kämpade för att hämta andan. De två dominanterna gav henne mjuka klappar på axeln och rumpan. De viskade saker till henne, som hon inte kunde bearbeta. Efterdyningarna kändes som en suddighet.

Två unga kvinnliga medarbetare närmade sig. De bar sexiga snygga masker och var lättklädda i svarta spetsklänningar. Erika blev befriad från sin position när de lossade repet ovanför hennes huvud. Sedan lossades hennes handleder.

Sperma droppade ner i Erikas rövhål och hennes egna vätskor droppade från hennes fitta. Erika höll huvudet högt medan personalen försiktigt tog henne i var sin arm och ledde henne ner i korridoren. Publiken applåderade entusiastiskt när hon gjorde walk of fame. Alla hittade vad de ville ha den dagen. Erika var dock säker på att hennes egen tillfredsställelse var störst av alla.

Erika fördes till ett privat sovrum där personalen använde en bunt våta handdukar för att skrubba och rengöra varje tum av hennes kropp. En av kvinnorna använde till och med en sprutflaska för att rengöra insidan av hennes rövhål. Hela processen varade i flera minuter.

Personalen tog försiktigt bort hennes mask. Samma process upprepades med hennes ansikte. Överflödigt läppstift torkades bort och hennes hår bands i en yrkesbulle. Hennes kostym hämtades från garderoben när hon stod där naken.

Auktionsförrättaren gick in i sovrummet och tog bort guldmasken. Hennes uttryck var nyfiket.

"Hur mår du?" frågade Lea.

"Mitt rövhål kommer att ha ont de närmaste dagarna", svarade Erika torrt. "Och mina bröstvårtor känns som om de fick elektriska stötar."

"Och?"

Medan Lea väntade på svaret på den suggestiva frågan lät Erika personalen klä henne; tar på sig sin bh och trosor, strumpor och sedan sin skräddarsydda kostym, vilket gör henne till en professionell kvinna igen.

Erika log, "Jag har aldrig känt mig så levande. Det är så jag känner, om du verkligen vill ha sanningen."

"Jag trodde det", blinkade Lea. "Är vi fortfarande på middag?"

"Det kan du ge dig på."

När Erika anpassade sin kostym blåste Lea en kyss och tog på sig guldmasken igen. Hon återgick till sina arbetsuppgifter på auktionen. Under tiden tackade Erika personalen, satte på hälarna och gick till kontoret.

SLUTET

75

* 9 7 9 8 2 2 3 7 9 8 7 7 4 *